Ein Streifen Silberpapier

buchjournal bibliothek

Über das Buch

Zu seinem 20-jährigen Jubiläum schrieb das Buchjournal gemeinsam mit Books on Demand im Frühjahr 2005 einen Kurzgeschichtenwettbewerb zum Thema »Glück« aus. Die Jury, bestehend aus Dr. Eva Wlodarek, Dr. Cordelia Borchardt, Irene Nießen und Ute Nöth, wählte aus mehr als 900 Einsendungen die 20 besten Kurzgeschichten aus, die nun in diesem Sammelband nachzulesen sind. Ein alter Mann, der einsam Erinnerungsstücke an das Glück anderer Menschen sammelt, die triumphale Freude eines kleinen Fußballhelden, eine Fahrt, hinaus aus der Enge des Elternhauses in die weite Welt – der Wettbewerb zeigte beeindruckend: das Glück hat viele Facetten!

Über die Autoren

Sybille Baecker, Stefan Berndt, Inez Corbi, Kerstin Döring, Sigrid Eggersglüß, Ben Faridi, Angelika Flotow, Ilse Gottschall, Harald Grieb, Mirko Gutjahr, Stefan Heuer, Elke Kadisch-Neugebauer, Annette Kipnowski, Ursula Knie, Jürg Lendenmann, Karl Olsberg, Christiane Scheck, Nikola Tasarek, Ida Todisco und Christian Walber sind die Preisträger des Kurzgeschichtenwettbewerbs des Buchjournals in Kooperation mit BoD.

Ein Streifen Silberpapier

Geschichten vom Glück

Herausgegeben von der
MVB Marketing- und Verlagsservice des Buchhandels GmbH
in Kooperation mit der Books on Demand GmbH

Bibliografische Information der Deutschen Bibliothek:
Die Deutsche Bibliothek verzeichnet diese Publikation in der
Deutschen Nationalbibliografie; detaillierte Daten sind im Internet
über http://dnb.ddb.de abrufbar.

Herausgeber:
MVB Marketing- und Verlagsservice des Buchhandels GmbH
Großer Hirschgraben 17-21
D - 60311 Frankfurt am Main
Tel.: 069 / 13 06-0
www.mvb-online.de
www.buchjournal.de

Herstellung und Verlag:
Books on Demand GmbH
Gutenbergring 53
D - 22848 Norderstedt
Tel.: 040 / 53 43 35-0
www.bod.de

Printed in Germany

ISBN 3-8334-3706-5

Inhaltsverzeichnis

Die Sache mit dem Glück

Alles fing mit unserem Geburtstag an. Genauer gesagt, dem des Buchjournal. Das nämlich feierte in diesem Frühjahr sein 20-jähriges Jubiläum. Geburtstage und Geschenke gehören einfach zusammen, und so haben wir uns überlegt, unsere Leser zu beschenken und gleichzeitig selbst etwas abzubekommen. Kurzerhand machten wird das »Glück« zum Thema und riefen gemeinsam mit Books on Demand einen Kurzgeschichtenwettbewerb aus.

Was wir zunächst geschenkt bekamen, war jede Menge Arbeit. Mehr als 900 Geschichten liefen bei uns ein, die elektronischen Postfächer quollen über, das Papier ging uns aus und der Drucker streikte. Außerdem war es heiß, zumindest in Frankfurt. Aber was sind solche Nebensächlichkeiten, gemessen an dem nahezu tausendfachen Glück, mit dem wir überschüttet wurden? Schließlich hatten wir es ja nicht anders gewollt!

Nachdem der erste Glücks-Schrecken überwunden war, haben wir das Glück in vier große Leitz-Ordner gepackt. Die wanderten in der Folgezeit zwischen den Juroren hin und her, wurden mit Anmerkungen und farbigen Zettelchen versehen, und so entstand der fünfte Ordner, mit einer Vorauswahl von 200 Geschichten. Daraus wiederum wurden 50 ausgewählt, die in den sechsten Ordner kamen. Zum Schluss traf die Jury in Frankfurt zusammen und einigte sich auf die 20 besten Geschichten. Besonders glücklich war sie über Karl Olsbergs Geschichte »Taubers Sammlung« (Platz 1), Mirko Gutjahrs Beitrag »Das Glück des Augenblicks« (Platz 2) und Stefan Berndts »Werther« (Platz 3). Gemeinsam mit den anderen ausgewählten Beiträgen stecken diese Texte zwischen diesen beiden Buchdeckeln, dem ersten Band der „buchjournal bibliothek", so dass Sie, liebe Leserin, lieber Leser, das Glück im wahrsten Sinne des Wortes mit den Händen greifen können.

Wir finden, dass die Sache mit dem Glück ein glückliches Ende gefunden hat. Und hoffen, Ihnen mit diesem Band viele literarische Glücksmomente zu schenken!

Irene Nießen   Dr. Pascal Zimmer
Buchjournal   Books on Demand

Karl Olsberg

Taubers Sammlung

Nur ein Streifen Silberpapier, weiter nichts. Aber das Mädchen mit dem Diamanten im Nasenflügel hatte ihn berührt, und er roch immer noch nach Pfefferminze wie ihr Atem. Tauber faltete ihn auseinander, bis er ein glänzendes Rechteck ergab, voller knittriger Linien. Sein Zeigefinger zitterte über die Silberbeschichtung, als versuche er, die geheime Botschaft der Linien zu entschlüsseln. Vorsichtig schob er das Papier in die Tasche seines grauen Regenmantels.

Seine Augen glitten über den vertrauten Heimweg, ohne sich irgendwo festzuhalten. Was er sah, lag Minuten zurück:

Das Mädchen wickelt das Kaugummi aus, wirft das Papier achtlos auf den Bahnsteig, während sie den weichen Streifen in den Mund schiebt. Sie umfasst den Hals des hoch gewachsenen, blonden Jungen, bedeckt mit ihren schlanken Händen die kleine Narbe an seinem Nacken. Sie sehen sich in die Augen, versunken in ihrer eigenen Welt, während ihr Kiefer mechanisch vor und zurück mahlt. Sie küssen sich, kurz erst und spielerisch, wie zur Probe; dann noch einmal, sehr lange. Sie holt Luft, lächelt, während er wie benommen dasteht, ein wenig verwirrt und überaus glücklich. Und dann kaut er, kaut ihr Kaugummi, während sie ihm lachend zuwinkt und in der S-Bahn verschwindet.

Tauber schloss die Tür der kleinen Wohnung auf, holte das Silberpapier aus der Manteltasche und glättete es mit Daumen und Zeigefinger. Auf dem dritten Regalboden von unten, zwischen dem Schnuller und dem roten Spielzeugauto, fand er einen geeigneten Platz.

Das rote Spielzeugauto. Ganz vertieft hatte der kleine Junge damit gespielt, in der Sandkiste auf dem Spielplatz der Wohnsiedlung. Tauber hatte ihn von seinem Fenster aus beobachtet. Selbst auf diese Entfernung hatte er das Vibrieren der Lippen zu erkennen geglaubt, wenn der Junge »Brumm, brumm!« machte. Dann war der Mann mit dem Bart gekommen. Der Junge hatte aufgeblickt. Einen Moment hatte er geblinzelt, verwirrt, verunsichert. Er war aufgesprungen, auf den Mann zugelaufen, hatte seine Oberschenkel umarmt – höher reichte er nicht hinauf –, und der Mann hatte ihn hochgehoben und gedrückt und in die Luft geworfen und wieder gedrückt. Sie waren gegangen, und das rote Spielzeugauto war zurückgeblieben.

Tauber wärmte sich an der Erinnerung wie an einem Kohleofen im Winter, und es tat weh, wie Wärme eiskalten Händen wehtut.

In der Nacht lag er lange wach, sah immer wieder das junge Paar auf dem Bahnsteig, empfand die Wärme und Fröhlichkeit und Traurigkeit dieses magischen Augenblicks. Wenn er nicht aufpasste, stahlen sich Bilder dazwischen von roten Lippen und lachenden Augen und kleinen Händen. Bilder, die auf seiner Seele brannten wie Alkohol auf offenem Fleisch.

In dieser Nacht hatte er einen beunruhigenden Traum. Das Kaugummipapier spiegelte sein graues Gesicht, verschwommen und zerknittert. Nach einer Weile löste sich das Spiegelbild auf, verschwand einfach, und mit ihm die Hand, die das Papier hielt. Es schaukelte zu Boden wie ein Herbstblatt, landete unbeachtet zwischen den Füßen vieler Menschen, bis es zertreten war, nur noch Unrat am Straßenrand.

Tauber wusste, was der Traum bedeutete, obwohl er sich den ganzen Morgen gegen die Erkenntnis gewehrt hatte. Zu groß war seine Furcht, dass sie ihn auslachen oder gleich in eine Anstalt für alte Leute einliefern würden, die irgendwelchen Müll in ihren Regalen sammelten.

Fremde Menschen. In seiner Wohnung. Er sah schon ihr schlecht überspieltes Erschrecken, wie sie ihm zuhörten, hin und wieder nickten und dabei ihre Blicke vor Scham in den Teppich bohrten. Aber er wusste, es gab keinen anderen Weg, wenn er das Einzige bewahren wollte, das er in all den langen, leeren Jahren geschaffen hatte.

Er begann also mit der alten Frau Schneider. Sie war immer so nett zu ihm, das musste reichen. Er traf sie, als sie mit zwei Plastiktüten von Aldi nach Hause kam, trug ihre Tüten die Treppe hinauf. Er hatte das noch nie getan, also schöpfte sie Verdacht. Ihre Augenbrauen zogen sich zusammen, als er sie fragte, ob er ihr etwas zeigen dürfe.

»Was denn?«

»Es ist nur … eine Sammlung.«

Da musste sie lachen. »Doch nicht etwa eine Briefmarkensammlung? Mein Herbert hat Briefmarken gesammelt, wissen Sie. So haben wir uns kennen gelernt. Er hat gefragt, ob er mir seine Briefmarkensammlung zeigen dürfte. Und er hat das wirklich so gemeint.« Sie lächelte, und die junge, anmutige Frau, die noch immer unter all der überschüssigen Haut steckte, lugte aus ihren Augen.

Er führte sie in seine Wohnung. Einen Moment lang standen sie vor dem Regal und wussten beide nicht, was sie sagen sollten. Dann fasste sich Tauber ein Herz und begann zu erzählen. Erst, als der tiefgefrorene Fisch in der Aldi-Tüte in ihrer Wohnung längst aufgetaut war, schloss er: »Das ist sie nun also, meine Sammlung.« Er zwang sich, sie anzusehen.

Sie stand nur da, schluckte ein-, zweimal, fasste sich ans Auge, als sei ihr ein Insekt hineingeflogen. Dann ging sie, wortlos.

Wenige Minuten später befreite die Türglocke Tauber von seiner Enttäuschung. Frau Schneider hielt einen vergilbten Briefumschlag in beiden Händen. »Ein Liebesbrief. Der erste von meinem Herbert. Er hat eine französische Sondermarke, sehen Sie? Obwohl der Brief in Kaufbeuren abgestempelt ist. Die bei der Post haben es nicht gemerkt!« Sie lächelte. »Das war dann immer ein Spiel zwischen uns: Er schrieb mir Briefe mit Marken aus Marokko oder Bolivien oder Neuseeland. Ein paar Mal habe ich Nachporto zahlen müssen, aber meistens nicht, und dann haben wir uns immer gefreut.« Eine kurze Pause entstand. »Ich dachte, vielleicht, für Ihre Sammlung …«

Es gab nichts, was sich in diesem Moment zu sagen gelohnt hätte. Tauber nahm den Brief mit zitternden Händen und legte ihn neben das rote Spielzeugauto.

Er sah ihre Freude, und ehe er es verhindern konnte, zogen sich auch seine Mundwinkel nach oben. Es war ein ungewohntes Gefühl.

Ein paar Tage später klingelte Frau Henke aus dem dritten Stock. Frau Schneider hatte ihr von Taubers Sammlung erzählt, genau wie Herrn Breitkamm. So fing es an.

Immer häufiger ertönte Taubers elektronischer Gong, der so lange unbenutzt gewesen war. Die meisten wollten nur mal gucken und gingen rasch wieder. Manche grinsten, manche lachten, manche machten Witze, manche klopften Tauber auf die Schulter. Doch manchmal hörte auch jemand einfach nur zu. Und verstand.

Einige von diesen kamen zweimal, und beim zweiten Mal brachten sie selbst etwas mit: unscheinbare kleine Dinge, nur Müll in den Augen vieler. Sie lächelten, wenn sie ihre eigenen Geschichten vom Glück erzählten. Und manchmal lächelte Tauber mit.

An einem Dienstag im Mai, draußen herrschte Schmetterlingsluft, fühlte er sich stark genug. Er holte den Pappkarton hervor, der all die Jahre ganz hinten in der Abstellkammer auf diesen Tag gewartet hatte. Das war noch übrig von seinem eigenen Glück: ein Fotoalbum. Eine Mappe, darin Geburtsurkunden, Schreiben von der Versicherung, das Familienstammbuch. Ein Hase aus abgegriffenem Plüsch. Und das Foto, das Sophie mit den Zwillingen zeigte, ein Picknick am See, in der Woche vor dem Unfall.

Lange saß Tauber auf dem Boden, zwischen Eimer und Staubsauger, und hielt sich mit beiden Händen an dem schmalen Silberrahmen fest.

Endlich stand er auf und stellte das Bild in seine Sammlung.

Mirko Gutjahr

Das Glück des Augenblicks

Das Wasser unter der Hohenzollernbrücke glitzerte im Schein der sich langsam über den Horizont schiebenden Morgensonne. In der Ferne hörte Friedrich das Gehupe der genervten Autofahrer im dichter werdenden frühmorgendlichen Berufsverkehr, während unter ihm lautlos die riesigen Lastkähne vorüberzogen auf ihrem Weg nach Rotterdam oder runter nach Basel. Ob man wohl einen Sturz von hier aus überleben würde? Mit Sicherheit würde man aber, sollte der Aufprall auf dem betonharten Wasser doch noch nicht genügen, im eisigen Wasser nur ein paar Minuten überstehen. Dann wäre es endlich vorbei. Friedrich schwang ein Bein über das Geländer. Es bedurfte ein wenig Kletterei, aber schließlich stand er auf dem schmalen Grat jenseits der Absperrung und musste nur noch einen Schritt nach vorne setzen, damit all die Qual seines glücklosen jungen Lebens endlich ein Ende hätte. Friedrich entschuldigte sich in Gedanken bei allen, denen er in der Vergangenheit Unrecht getan hatte (ja, auch bei Isabelle). Dann schloss er die Augen und zählte langsam bis zehn. Als er bei neun war, tippte ihm jemand von hinten auf die Schulter.

Friedrich machte vor Schreck einen Satz und wäre wohl abgestürzt, hätte er sich nicht in letzter Sekunde an einem der gusseisernen Brückenverstrebungen festgeklammert. Offenbar hing etwas tief in ihm doch noch am Leben, auch wenn er sich das selbst nicht offen eingestehen wollte. Er atmete tief durch und wartete, bis sein Herzschlag aufhörte, sich wie ein flatternder kleiner Vogel anzufühlen, dann drehte er sich vorsichtig um.

Der Mann, der hinter dem Geländer stand, wirkte auf Friedrich wie ein Versicherungsangestellter: dunkler Anzug, dicke Aktentasche und mit einem Lächeln, als habe er gerade einem Eskimo hundert Tiefkühlschränke verkauft. Bisschen spät für eine Lebensversicherung, dachte Friedrich.

»Ja?«, stieß er beinahe feindselig hervor.

»Herr Fauster? Friedrich Fauster?« Der Tonfall verriet, dass der Fragesteller die Antwort schon kannte. Friedrich bejahte dennoch.

»Was wollen Sie von mir? Und woher kennen Sie meinen Namen?« Dann fiel ihm ein, dass die Brücke vor einigen Sekunden noch menschenleer gewesen war, der Mann konnte unmöglich in der kurzen Zeit ungesehen in die Mitte der Brücke gelangt sein. Er schob den Gedanken zur Seite und starrte den Störenfried missmutig an.

Der Fremde nickte, als hätte er die Frage schon erwartet. »Tja, wir wissen eigentlich alles über Sie. Moment.« Bei diesen Worten öffnete er seine Aktentasche und zog in derselben eleganten Bewegung eine schwarze Mappe mitten aus einem Stapel identischer Kladden und schlug sie auf.

»Mal sehen: Fauster, Friedrich, 23, Nichtraucher, Werdegang bla, bla, bla …« – der Agent fuhr mit einem langen gelblichen Finger über die Zeilen – »… gestern Abend Trennung von Freundin Isabelle; Suizidversuch um 5.31 Uhr, Hohenzollernbrücke, Köln.« Er blickte auf und grinste Friedrich belustigt an. »Ach ja, die Liebe.«

Friedrichs Gefühle schwankten von Beschämung zu Verwirrung und pendelten schließlich bei gerechtem Zorn ein.

»Hören Sie mal, was fällt Ihnen …«, begann er, doch der Fremde unterbrach ihn.

»Herr Fauster, es tut mir Leid, Sie in diesem für Sie sicher sehr bedeutsamen Akt der Selbstvernichtung zu stören, aber eine Durchsicht unserer Akten hat ergeben, dass Ihr Freitod unser Geschäft erheblich schädigen würde. Daher möchten wir Ihnen einen Handel vorschlagen: Sie verzichten auf den Suizid und erhalten dafür die einzigartige Möglichkeit« – seine Finger zogen eine altertümliche Taschenuhr hervor – »mithilfe dieser Uhr an jeden beliebigen Augenblick Ihres Lebens zurückkehren zu können. Stellen Sie sich vor, Sie könnten Ihr Leben noch einmal leben und alles richtig machen. Wir bieten Ihnen den Schlüssel zum Glück!«

Friedrich, dem die Idee an einen Sturz in den kalten Rhein sowieso immer weniger behagte, ließ sich von dem seltsamen »Vertreter« die

Uhr in die Hand drücken. Was hatte er schon zu verlieren? Das Grinsen des Fremden wurde noch breiter. »Schön, dann sind wir uns ja handelseinig. Aber denken Sie daran, Sie können die Uhr nur ein einziges Mal benutzen – wählen Sie den Augenblick sorgfältig! Viel Glück!« Mit diesen Worten verschwammen seine Konturen und lösten sich in feinen Nebel auf. Der zurückbleibende Schwefelgeruch ließ Friedrichs Ahnung zur Gewissheit werden: Er hatte gerade einen Pakt mit dem leibhaftigen Teufel geschlossen!

In den kommenden Jahren war Friedrich mehrfach versucht, die Uhr zu benutzen: während und nach den verpfuschten Ehen mit Lisa und dann mit Julia, als sein Sohn Peter in Drogengeschäfte verwickelt oder seine minderjährige Tochter schwanger wurde. Oder als der millionenschwere Kredit für seine angeschlagene Firma zu platzen drohte. Doch immer schien sich das Blatt wieder zu wenden, bevor er ernsthaft darüber nachdachte. Nach all den Jahren erschien ihm eine Begegnung mit dem Teufel sowieso immer unglaubhafter und er verdrängte die Erinnerung daran schließlich gänzlich. Er hatte sowieso andere Sorgen.

Eines Morgens brach er jedoch während einer Vorstandssitzung mit heftigen Schmerzen in der Brust zusammen. Kurze Zeit später befand er sich festgeschnallt auf einer Liege in einer Ambulanz mit dröhnendem Martinshorn, unterwegs zur nächstgelegenen Klinik.

Als der Lärm der Sirene plötzlich verstummte, öffnete Friedrich die Augen und sah jemanden auf der Pritsche neben sich sitzen. Es war der »Versicherungsvertreter«, der immer noch genauso aussah wie vor all den Jahren an jenem Wintermorgen auf der Hohenzollernbrücke. In der Hand hielt er die Uhr, an die Friedrich schon lange nicht mehr gedacht hatte.

»Letzte Gelegenheit, Herr Fauster«, trällerte der Teufel, der ihm mit falschem Lächeln die Taschenuhr in die kraftlose Hand schob, »ob Sie sie benutzen oder nicht, Sie gehören ohnehin schon uns, seit Sie dem Geschäft zugestimmt haben. Also gönnen Sie sich wenigstens noch ein wenig Spaß, bevor Ihre Zeit endgültig abgelaufen ist.« Friedrich kam ein Gedanke und lächelte. Dann benutzte er die Uhr.

Hohenzollernbrücke, 5.31 Uhr, etwa vierzig Jahre früher.
Der junge Friedrich klammerte sich von außen an das Brückengeländer. Ihm gegenüber stand der Teufel, in einer Hand eine Taschenuhr, die er ihm gerade in die Hand drücken wollte. »Danke, kein Interesse!«, sagte Friedrich fröhlich. Dann stieß er sich vom Geländer nach hinten ab. Im Fallen sah er noch den hasserfüllten Blick des teuflischen Vertreters, dem gerade klar geworden war, dass er Friedrichs Seele für immer verloren hatte.

Der Kapitän des Lastkahns, der gerade unter der Hohenzollernbrücke durchfuhr, staunte nicht schlecht, als ein junger Mann plötzlich auf seiner Ladung neuseeländischer Baumwolle landete und unverletzt, wenn auch mit zitternden Knien, aufstand. Friedrich atmete tief durch. Dann blickte er blinzelnd in die über dem Rhein aufgehende Sonne, ließ sich den kühlen Wind durch die Haare wehen und genoss den ersten glücklichen Augenblick des jungen Tages.

Stefan Berndt

Werther.
Kurzgeschichte in sechs Briefen

Hans-Jürgen,
Werther nervt ohne Ende. Du weißt, wie er schon damals in Konstanz war. Auch wir – du und ich – waren das eine oder andere Mal unglücklich verliebt, aber die Frauen, die wir begehrten, landeten (ich denke mit großer Freude und ohne Wehmut daran zurück) schließlich doch meist in unseren Armen, weil wir – abgesehen vom Sinn für das Machbare – sie ganz einfach REAL spüren, besitzen und lieben wollten. Bei Werther war alles ganz anders. Ich trete niemandem zu nahe, wenn ich sage, dass er von uns dreien am besten aussah. Ich habe ohne unnötige Selbstzweifel sehr genau registriert, wen die Frauen wahrnahmen, wenn ich mit ihm unterwegs war. Auch konnte er charmant und an guten Tagen humorvoll im Sinne von witzig sein. Dennoch hat Werther in all den langen Studienjahren ganz sicher keine Frau wirklich besessen. Aber wie banal und prosaisch wäre es auch gewesen, wenn ihn die Angebetete mit in ihr Zimmer genommen und er ganz einfach eine aufregende Liebesnacht erlebt hätte. Um wie viel schöner war es doch, mit vielen pathetischen Worten VOR DER TÜR Abschied zu nehmen, um dann durch die Nacht nach Hause zu laufen und endlich mit seinen großen, romantischen Gefühlen allein zu sein. Zunächst gefiel das den Frauen, die, denke ich, in sexuellen Dingen Schnelligkeit in keiner Hinsicht goutieren. Aber auf Dauer? Immer nur Überspanntheit, Pathos, Worte? Die ängstlichen, an der Seele oft verletzten grauen Mäuse, die seine Schwärmereien mit größter Hingabe bis ans Ende aller Zeiten getrunken hätten, beachtete er nicht. Und die anderen lachten schnell über ihn. Aber du weißt es ja. Er hat uns schließlich immer alles haarklein und in epischer Breite erzählt.

Genug philosophiert. Es ist halb elf und ein hart arbeitender Mensch wie ich muss ins Bett. Du kannst dir sicher denken, wem er jetzt seine offenen und versteckten Liebesschwüre aufs Auge drückt. Lass es dir gut gehen und grüße Vera von uns.

Bis die Tage
Albert

Hans-Jürgen,

seit vier Wochen hält sich Werther hier auf und baggert, besser gesagt schmachtet Charlotte an – und das ununterbrochen. Er wohnt zwar nicht bei uns, sondern hat in der Nähe Quartier genommen, trotzdem konnte ich mich bereits daran gewöhnen, dass allabendlich, wenn ich von der Arbeit nach Hause komme, Charlotte und er als siamesische Zwillinge grüßen. Was sie treiben, wenn sie allein sind, kann ich mir denken. Er kontert die Seichtheit unserer Spaßgesellschaft mannhaft mit den Klassikern aus. Während ich im Büro die Stunden herunter-reiße, trägt er Charlotte zu beidseitiger Ergriffenheit Gedichte von Hölderlin, Rilke und beiden Großmeistern vor. Zu dritt ist es nur noch quälend. Die Tage, an denen es möglich war, im weiteren Sinne normale Gespräche zu führen, sind längst vorbei. Ohne das Kind beim Namen zu nennen, lässt er nicht den geringsten Zweifel daran, dass er mich als den Spielverderber betrachtet, der durch seine Anwesen-heit ihre heilige Zweisamkeit entweiht. Überhaupt scheint er von mir die Ritterlichkeit zu erwarten, mich in Anbetracht der Größe seiner Liebe stillschweigend vom Acker zu machen. Bei den seltenen Männer-gesprächen, die wir beide führen, ist hingegen alles wie in den guten alten Zeiten. Er schwärmt mir von der wundervollen Seele Charlottes vor, wie er es auch früher bei jeder neuen Flamme tat. Nebensächlich-keiten, wie die Tatsache, dass Charlotte eben meine Frau ist, bringen ihn dabei selbstverständlich nicht aus dem Konzept.

Ich kenne Charlotte. Natürlich liebt sie es, wenn man zu ih-rem Körper und ihrer Seele zärtlich ist. Aber sie steht auch mit beiden Beinen auf der Erde. Ich habe daher keine Angst, dass ich sie an ihn verliere. Dennoch ist sein Kampf gegen mich äußerst hinterhältig, weil es mir seine Penetranz fast nicht mehr erlaubt, normal zu sein.

Du weißt, wie froh ich bin, den Job in der Kanzlei bekommen zu haben – in diesen Zeiten. Meinst du etwa, da könnte ich um fünf den Griffel fallen lassen? Ich liebe Charlotte über alles, aber wenn ich um acht Uhr von der Arbeit nach Hause komme, möchte ich ihr nicht eine Stunde lang verliebt in die Augen glotzen, sondern einen Tatort sehen. Aber Krimi, Fußball gar – welche Abgründe des Banalen sind das gegenüber dem Übermaß seiner lyrischen Gefühle. Er kann es sich ja leisten. Er promoviert über irgendein germanistisches Inzucht-Thema, das jenseits der Uni keinen interessiert. Und Mami finanziert das Ganze, nicht üppig zwar, aber immerhin, und er hat Zeit ohne Ende, während ich die Rolle des prosaischen Langeweilers spiele und mir für alle Zeiten das Spießerdiplom auf der Stirn klebt.

Kannst du dich übrigens noch an den Russen erinnern, der uns kurz nach der Wende in der Berliner S-Bahn gegenübersaß und plötzlich eine Pistole zog, die er mir dann für zwanzig Märker verkaufte? Vorgestern hielt ich sie Werther – natürlich ungeladen – an die Schläfe und sagte, dass ich ihn hiermit für sein unerträgliches Gesülze zum Tode verurteile. Du kannst dir denken, was er erwiderte: »Oh, mein Freund, wie dankbar wäre ich dir, wenn du mir den Tod schenktest und mich von meinem Schmerz erlöstest!« – und so weiter und so fort.

Nein, Hans-Jürgen, glaub mir, als ich die Waffe wieder zu der Munition in die Schublade legte, wollte ich sie nicht laden. Wirklich nicht. Ich wollte nur meine Mutter anrufen und weinen. Ansonsten habe ich alles im Griff.

Bis die Tage und grüße Vera.

Albert

Hans-Jürgen,
ich werde mit ihr sprechen und sie vor die Wahl stellen, denn es geht so nicht weiter.

Gestern hatten wir einen Coitus interruptus der unerfreulichen Art. Ich bin ein sinnlicher Mensch und auf Charlotte scharf wie am ersten Tag, aber so geil auch wieder nicht, dass ich den Akt durchzöge, wenn sie steif wie ein Waschbrett und Lichtjahre von mir entfernt unter mir liegt. Dabei war das nur die Krönung. Auch sonst steht sie ständig neben sich. Alles scheint ihr öde und eine Qual zu sein, bis er wieder da ist und sie sich austauschen können – auf ihre schwärmerisch-überspannte, unnatürliche Weise. Aber ich bin auch jetzt noch zuversichtlich. Es ist für sie nicht mehr als eine ganz sicher durch die Zeit therapierbare Sucht. Trotzdem kann es so nicht weitergehen. Sie muss sich entscheiden. Wenn sie will, kann sie zu ihm ziehen und ihm über die Schultern sehen, wenn er seine germanistischen Wiederkäuereien in seinen Laptop wichst.

Gruß an Vera.

Albert

Hans-Jürgen,
natürlich verstehe ich, dass ihr wegen der Kinder nicht kommen konntet. Das Problem ist auch zumindest im Prinzip gelöst. Als ich mit Charlotte vorgestern Abend sprechen wollte, war sie nicht da. Ich fand sie – sie und Werther – auf der Bank vor der kleinen Hütte zehn Minuten von hier, die du auch kennst und von der aus man so wunderschön ins Moos und aufs Gebirge blicken kann. Als ich kam, stand Werther auf und ging wortlos. Eine höchst dramatische Szene. Ich setzte mich neben sie, und nachdem wir vielleicht eine Viertelstunde geschwiegen hatten, sagte ich ihr – ruhig und freundlich – alles, was ich ihr zu sagen hatte, und stellte sie schließlich vor die Entscheidung, die so ausfiel, wie ich es nicht nur gehofft, sondern auch erwartet hatte. Auch sie sehe ein, sagte sie, dass es so nicht weitergehe. Dann bat sie mich unter Tränen um Entschuldigung. Und gestern erklärte sie ihm, dass sie den Kontakt zu ihm zumindest auf eine bestimmte Zeit abzubrechen wünsche. Nicht verschweigen möchte ich allerdings, dass mich ihre tiefe Erschütterung angesichts dieser Vorfälle entsetzt. Auch jetzt, in diesem Moment, möchte ich nicht zu ihr gehen und sie tröstend in den Arm nehmen, sondern halte es für angebrachter, sie mit ihrem Schmerz allein zu lassen. Wüsste ich nicht, dass sie ehrlich und zuverlässig ist und zu einmal getroffenen

Entscheidungen steht, müsste ich Angst um sie haben. Sie hat sich tatsächlich bis über beide Ohren in den Trottel verliebt, wenn es nicht noch schlimmer ist. Ich hoffe, wir sehen uns mal wieder, wenn sich hier alles normalisiert hat.

Gruß an Vera.

Albert

Er war noch einmal da, Hans-Jürgen, und ich befürchtete das Schlimmste. Aber er nahm nur mit männlich-festem Händedruck Abschied von mir, dem Freund, und von ihr, des Freundes Gemahlin. Es war kaum zu ertragen, wie sie ihm, den Tränen nahe, alles Gute wünschte und von einer Frau mit wundervoller Seele schwärmte, die seiner würdig sei und die er ganz sicher bald finden werde. Nimm sie an die Hand und verpisst euch endlich, ihr Traumtänzer, hätte ich in diesem Moment fast geschrien, aber dann ging er tatsächlich, ohne sich auf dem Weg zur Tür noch einmal umzublicken. Ich stehe jetzt vor der schwierigen Aufgabe, Charlotte wieder mit dem von mir personifizierten tristen Alltagsleben zu versöhnen. Außerdem bin ich nicht sicher, ob er wirklich wegbleibt.

Gruß an Vera.

Albert

Werther hat sich vorgestern erschossen. Es geschah am späten Abend an besagter Hütte über dem Moos, von der ich dir bereits berichtete. Irgendwie musste er meine Pistole in seinen Besitz gebracht haben. Da er sich nicht in den Mund, sondern formvollendet in die Schläfe schoss, dauerte sein Todeskampf volle zwölf Stunden. Man fand ihn erst am Morgen und brachte ihn in die Unfallklinik, wo er gegen elf Uhr verschied.

Wie es Charlotte geht, brauche ich dir wohl nicht zu beschreiben. Und mir? Willst du die Wahrheit wissen? Nachdem ich Charlotte am frühen Nachmittag jenes Tages ins Bett gebracht, zärtlich um- armt und die Fensterläden, in der Hoffnung, sie würde Schlaf finden, heruntergelassen hatte, trat ich auf den Balkon, setzte mich, blickte auf Heimgarten und Herzogstand zu meiner Linken, spürte die milde Frühlingsluft und fühlte nichts außer Erleichterung, um nicht zu sagen: Glück.

Ich hoffe, du kannst das verstehen und verzeihen. Und ebenso hoffe ich, euch zu sehen, sobald Charlotte wiederhergestellt ist.

Lasst es euch gut gehen.

Albert

Ilse Gottschall

Stunde der Möwe

Der Weg ist staubig und schmal, eine Furt durch sonnengebleichte Reihen kurzgeschnittener Halme, Dornenstiche bei jedem Schritt; in Sandalen sind Füße schutzlos. Der Weg endet. Verdorrtes Grasland, dahinter das Ufer, steinig. Sie muss behutsam gehen, die Kiesel entziehen sich gleitend dem Druck des Fußes, muss balancieren und tänzeln über verrutschendem Grund. Wellenzungen kitzeln die nackten Sohlen, lecken an ihren Knöcheln. Über die Klippe noch. Reibeisenscharf sind die Kanten, gefährlich, der Fuß sucht sicheren Halt, darf nicht abrutschen. Wasser schäumt auf, wütend verwischt es alle Spuren. Noch eine letzte Kante. Sie spürt feuchten Sand unter den Füßen, steht am Rand einer Bucht, im Rücken die hohen Felsen, rechts und links Klippen, davor das offene Meer.

Das ist der Platz, den sie entdeckt hat für sich, für die restlichen Tage des Urlaubs auf dieser Insel. Hier wird sie es aushalten, dafür nimmt sie den langen Marsch vom Hotel aus der Mitte des Ortes in Kauf. Die Insel ist klein. Die meisten Touristen kommen für einen Tag, mit Tragflügelbooten, aus der dunstigen Hauptstadt, von Nachbarinseln. Es gibt keine Säulen und Tempelreste, nur Mulis und Esel statt Autos, Postkartenfotos von blau gerahmten Fenstern in Wänden so weiß, dass es blendet, bougainvilleenverhangene Mauern, Geranien im Terrakottatopf, eine kauernde Katze, wie bestellt, vorm halb geöffneten lichtblauen Tor eines Hauses. Und von den aufsteigenden Gassen des einzigen Ortes der Blick hinab auf den kleinen Hafen, von dem Platz vor der Kirche am schönsten. Kapitäne haben sich hier früher zur Ruhe gesetzt, das Meer fest im Blick, mittlerweile gehören die Häuser Erholung suchenden Städtern. – Sie hat die Insel der Beschaulichkeit gewählt, um dem Urlauberstrom zu entkommen. Bis tief in die Nacht hört sie die lauten Stimmen, hallt zwischen den engen Mauern das Lachen halbwüchsiger Burschen und Mädchen, die am Tag großräumig sich ausbreiten in der einzigen nahe gelegenen Bucht, sich stoßen und balgen, kreischend ins Wasser fallen und übereinander her, ungezügelte Kraft südlichen Temperaments, unbekümmert im Rausch der Freiheit, dem unbeschwerten Glück. – Du kannst dich nicht ewig vergraben, hatten die Freunde gemahnt, du musst raus, auf andere Gedanken kommen. – Nach allem, was geschehen war. – Verreise, hatten sie gedrängt, fahre in den Süden, ans Meer. – Aber sie fühlt sich auch hier verloren, die Nähe anderer macht sie nervös. Verkriechen möchte sie sich, ein weidwundes Tier nach der lähmenden Angst, der schwindenden Hoffnung, dem verzweifelten Kampf gegen das Unaufhaltsame. Viel Zeit war ihnen nicht geblieben, die Diagnose zu spät. Fremd treibt sie seitdem durch die Tage, schiffbrüchig am Rand der Zeit.

Sie hat sich entkleidet, nackt im Meer gebadet, sich ausgestreckt auf dem Bett aus flachen Steinen, so geordnet, dass sie den Körper nur wenig drücken. Prickelnd trocknet die Sonne die Tropfen auf ihrer Haut, zurück bleibt ein Salzfilm, der juckt. Ihre Hand spielt mit den Kieseln, sie fühlen sich samtig an, werden glatt und speckig blank, je länger die Finger sie drehen und reiben. Sonnenwärme durchströmt die Haut, Trägheit setzt sich auf die Glieder. Versunken im weißen Licht der zeitlosen Stunde, lässt sie sich wiegen vom Rhythmus der gluckernd dem Sog des Wassers gehorchenden Kiesel. Es gelingt ihr, an nichts zu denken, nur zu horchen auf das gleichmäßige Rauschen des Meeres.

Ein fremder Akkord, anders klappernde Kiesel, knirschend wie unter Schritten. Sie richtet sich auf. Vom Rand des Wassers kommend, ein Mann, er zögert, trägt etwas in den Händen, sie kann nicht erkennen, was, er bückt sich, legt es behutsam nieder, winkt ihr und deutet. Sie versteht nicht. Was will er? Sie hat sich erhoben, macht ein paar Schritte in seine Richtung, erschrickt, bleibt stehen. Ein Federbündel liegt auf den Steinen, eine Möwe, tot, denkt sie, will weglaufen, in aufschießender Angst vor dem leblosen Körper. Sie besinnt sich, geht näher heran. Der Balg zuckt, seltsam verschränkt liegt er da, den

Kopf auf der Seite, nahe dem einen nicht angezogenen Flügel, das Auge starrt sie an. Sekundenlang rühren die Frau und der Vogel sich nicht in ihrer Furcht voreinander. Der Schrecken löst sich, sie beugt sich herab, vorsichtig noch, bereit zur Seite zu springen, die Hände schützend vorm Körper. Eine grüne Schnur zieht sich zwischen den Federn hindurch, sie schlingt sich um Flügel und Körper, auch die andere Schwinge scheint so gefesselt.

Als sie sich aufrichtet, sieht sie zwei nackte Beine, sehnig und sonnengebräunt. »Sprechen Sie Deutsch«, fragt der Mann. Sie nickt. Er hat ein schmales Gesicht, Mitte zwanzig könnte er sein, vielleicht auch dreißig. »Wir brauchen eine Schere«, sagt er, »oder ein Messer«. Regungslos liegt der Vogel, ohne zu zucken. »Schere, Messer«, wiederholt sie wie ein Kind, geht zu ihrem Platz, wühlt im Rucksack, stülpt ihn um, findet schließlich zwischen Bürste, Spiegel, Sonnenmilchflasche das Schweizer Messer, keine Schere. Wer trägt schon eine Schere mit sich am Strand, aber ein Messer. Zurück über die Steine. Die Sonne steht hoch. Unverändert liegt die Möwe in der verrenkten Stellung.

Der Mann klappt das Messer auf, prüft die Klinge, nickt. »Sie müssen die Möwe festhalten«, sagt er. Sie hat noch nie einen Vogel berührt, als Stadtmensch kennt sie Tiere nur aus dem Zoo, ein Haustier hat sie nie gehabt. Hunde und Katzen bringen nur Schmutz in die Wohnung, die Worte der Mutter, und Vögel stinken. Die Möwe halten? Ihr schlägt das Herz bis zum Hals. Möwen sind wild, ihre Schnäbel scharf wie ihre Schreie, sie lieben die Freiheit wie die fließende Weite des Meeres. »Ich kann nicht«, sagt sie. »Doch«, antwortet er, »so«, und drückt mit der flachen Hand den kleinen Körper auf die Steine. »Sie hat sich in den Schlingen des Plastiknetzes verfangen, sie kann sich kaum noch bewegen, sie wird nicht nach Ihnen hacken.« Er hockt neben dem gefesselten Vogel, das Messer in der Hand, er schaut sie wartend an.

Die Frau sieht die Schnur, ihr Blick wandert zum Kopf der Möwe, bleibt wieder an dem unbewegten Auge hängen, das keinerlei Reaktionen spiegelt, sie aber wie magisch anzieht. Sie geht in die Hocke, legt zögernd eine Hand auf den weißen Federkörper. Die Möwe wehrt sich nur schwach, eine müde Erinnerung an ihre schwingende Freiheit. Der kleine Körper zittert, bebt unter den nassen Federn, sie spürt, wie ihre Hand vibriert, das pochende Herz, und umfasst mit beiden Händen das Bündel. Der Vogel hat sich dem sanften Druck schon ergeben.

»Sie trieb in der Bucht«, sagt der Mann, »wie eine Holzente«. Er säbelt vorsichtig an der Schnur, das Messer darf nicht abrutschen. Mit Mühe kann er das erste Stück durchtrennen, so fest sind die Stränge um Körper und Flügel gezurrt. Die Frau streicht mit dem Finger über die Federn, summt, hält stumm Zwiesprache mit dem äugenden Vogel. Die Hände des Mannes arbeiten flink und sicher, zerschneiden die Schnüre, ziehen behutsam die Haken aus den zitternden Fängen. »Ich bin zu ihr geschwommen, hab sie dem Strand zugetrieben«, er spricht, ohne aufzublicken. Ein Haken des zerrissenen Netzes widersetzt sich der Kraft des Mannes, will den Flügel nicht freigeben, er muss all seine Geschicklichkeit aufwenden, noch achtsamer vorgehen. Das Auge der Möwe ist unverwandt auf die Frau gerichtet, es sieht sie an, sie liest Vertrauen darin, überlässt sich dem Blick, atmet ruhig und konzentriert. Ein warmer Strom steigt in ihr auf, fließt bis in die Fingerspitzen; sie tastet die Federn, den Vogelleib in ihren Händen, ruhig schlägt das Herz, kein Zittern mehr. Ein winziger Blutstropfen drängt aus der Wunde, als der Mann den letzten Haken herauszieht, erleichtert atmet er auf. Sie sehen sich an, kurz nur, lächeln, sie sagen nichts.

Vorsichtig schiebt der Mann eine Hand unter den Körper der Möwe, die andere hält er von oben dagegen. Er hebt sie auf und trägt sie so zum Rand des Wassers. Die Frau folgt ihm mit dem Blick. Er watet ins Wasser, setzt den Vogel auf die funkelnde Fläche des Meeres, überlässt ihn dem Schaukeln der Wellen. Eine Zeit lang schaut er dem zu, dann dreht er sich um, hebt die Hand wie zum Gruß, lässt sich ins Wasser fallen, schwimmt mit kräftigen Zügen in weitem Bogen um die Klippen herum davon.

Sie steht auf, der Schwimmer ist längst nicht mehr zu sehen, die Möwe treibt als dunkler Punkt auf dem Meer. Wie im Traum geht sie zum Wasser, ihre Füße scheinen die heißen Steine kaum zu berühren, nie hat sie so empfunden, ein Gefühl, weit genug, die Felsen zu umfassen, sich mit dem Meer zu vereinen. Sie taucht in die Fluten, dreht und wendet sich schwimmend, treibt auf dem Rücken dahin, möchte nichts sein als ein Teil der Wellen, des Rauschens, der Stille. – Die Möwe schaukelt nicht mehr auf dem Wasser, kein schwarzer Punkt gegen das Licht ist zu entdecken. Die Frau ist tiefer in den Schatten des Felsens gerückt, von hier sieht sie weiter aufs Meer. Wenn sie die Augen schließt, leuchtet in ihr der orangerote Ring des Möwenauges. Sie überlässt sich der Stunde, lehnt den Kopf zurück an den kühlen Felsen, riecht warme Erde, schmeckt Salz auf den Lippen, horcht auf das Pulsen des eigenen Blutes. Hoch ist der Himmel und wolkenlos blau.

Jürg Lendenmann

Bauer im Glück

Schachmatt!« Der schwarze König starrte verdrossen zur gegnerischen Königin hinüber. Sie stand auf Feld c8. Dorthin hatte sich nach langem, kräftezehrendem Spiel ein unscheinbarer Bauer gerettet und in die Königin verwandelt. Ob der spielentscheidende Zug von langer Hand geplant oder dem Gegner das Glück im Endspiel hold gewesen war, spielte keine Rolle mehr. Schwarz hatte verloren.

Schlicht stand die weiße Dame auf dem fast leeren Spielfeld und vereitelte jeden weiteren Zug des schwarzen Königs. Noch zwei Züge zuvor hatte der ebenholzfarbene Monarch sich als sicherer Sieger gewähnt: Seine Streitkräfte waren mächtiger gewesen und in der Überzahl, die schwarzen Truppen hatten Zug um Zug den weißen Widersacher eingekreist. Es schien nur eine Frage der Zeit zu sein, bis der Gegner vorzeitig die Waffen strecken würde.

Doch er, der schwarze König, war zu sorglos gewesen; dies ergab seine flüchtige Analyse der letzten paar Züge. Zwar hatte er sich als erfahrener Regent vom unbekümmert agierenden Gegner nicht täuschen lassen. Vielmehr hatte er versäumt einzukalkulieren, dass ein kleiner feindlicher Bauer ungeschoren über das Spielfeld gelangen und sich in eine weit mächtigere Figur verwandeln konnte – verwandeln musste. Auch wenn solche «Metamorphosen» äußerst selten vorkamen – dieser Umstand entschuldigte seine Fehlüberlegungen nicht. Je mehr er über die unerwartete Wendung nachdachte, desto unbegreiflicher schien ihm eine Verwandlung zu werden.

Die Gedankengänge des schwarzen Königs wurden abrupt unterbrochen: Beide Schachspieler waren aufgestanden, sammelten die Figuren zusammen, legten sie sorgfältig in ein schlichtes Holzkistchen, klappten das Spielbrett zusammen und versorgten das Spiel in einem Schrank. Sie waren zufrieden mit dem ungewöhnlichen Ausgang der letzten Partie. Bei ihnen standen Sieg oder Niederlage beim Spielen nicht im Vordergrund; sie liebten das strategische Denken, den symbolischen Reichtum des Schachs … und auch die Rolle, die das Glück manchmal spielen konnte. So wie heute, als es dem Spielverlauf eine unerwartete, würzige Wende gab.

Es war dunkel. Der schwarze König spürte, wie das Holz der weißen Königin gegen seine Krone drückte.

»Glück gehabt«, murmelte er und versuchte gar nicht erst, den anerkennenden Tonfall in seiner Stimme zu unterdrücken.

»Danke«, sagte die Königin. Obwohl sie beide nicht aus dem gleichen Holz gedrechselt waren, verstanden sie sich wie ein altes Ehepaar. »Kommt selten vor, dass mich ein Bauer ins Spiel zurückbringt.«

»Bauern sind dazu da, geopfert zu werden«, meinte der schwarze König trotzig.

Ein gewaltiges Stimmengewirr brach los. »Ruhe, Ruhe!«, forderten beide Königinnen zugleich. »Ruhe!«

Es währte mehrere Minuten, bis es still geworden war. Der eine weiße Läufer, dessen Lackierung schon arg gelitten hatte, ergriff das Wort: »Jeder von uns bewegt sich nach seinen Gesetzen, dem freien Raum entsprechend, den Chancen und Gefahren, … innerhalb seiner beziehungsweise ihrer Möglichkeiten«. Dann fügte er etwas leiser hinzu: »Manche glauben, sie könnten aus freien Stücken handeln. Andere meinen, wir hätten gar keinen freien Willen, sondern würden von unbekannten Kräften bewegt.«

Es blieb eine Zeit lang still, dann zischte ein Turm etwas unwirsch: »Philosophisches Geschwätz! Beschränken wir uns auf die Tatsachen«!

»Also gut«, lenkte der Läufer ein, »gehen wir alle von unseren eigenen Standpunkten aus.«

»Dann bin ich der Einzige, der etwas sagen kann«, meldete sich eine aufgedrehte Bauernstimme, »ihr alle liegt flach, ich alleine stehe noch.«

30

»Witzbold«, lächelte der Läufer gequält. Er musste zugeben, dieser Bauer war zwar schlau, aber seine Worte passten nicht zum Ernst der Lage. »Wir glauben doch alle aus eigener Erfahrung zu wissen, wie das Spiel läuft. Zudem können wir uns in andere hineinversetzen und die Beweggründe ihres Handelns erahnen.«

Zahlreiche zustimmende Bemerkungen wurden hörbar. Der weiße Läufer fuhr unbeirrt fort. »Allein: Was für jeden Nicht-Bauern für immer ein Geheimnis bleiben wird, sind die Verwandlungen. Ich selbst kenne nur eine Handvoll Bauern, die sie erlebt haben.«

»Vorzüglich formuliert«, lobte die schwarze Königin. »Warum nutzen wir nicht die Gunst der Stunde und fragen den glücklichen weißen Bauern nach seinen Erlebnissen? Oder sollte uns die weiße Königin Auskunft geben?«

Es blieb lange still. Dann räusperte sich eine Stimme in der Ecke, ganz unten im Kistchen. »Ich bin der Bauer, von dem ihr sagt, er hätte heute Glück gehabt. Über die Verwandlung kann ich euch nichts erzählen; das Spiel ist aus, und wir alle warten, bis ein neues beginnt. Aber vielleicht hilft es euch, wenn ich erzähle, wie ich vorgegangen bin«.

Da niemand einen Einwand erhob, holte er tief Luft und begann: »Meine Startposition war b2. Lange sah ich keine Veranlassung, mich zu bewegen. Ich betrachtete einfach das Treiben auf dem Feld. Ich sah euren Positionskämpfen zu, beobachtete, wie manche geopfert wurden, andere protegiert.

Nach der gegnerischen Rochade entschloss ich mich, den ersten Schritt zu tun. Geradeaus, wie es meiner Art entspricht. Dann stand ich lange Zeit wieder still und beobachtete weiter das Geschehen um mich herum, bis ich es für klug hielt, den nächsten Schritt zu tun. Mein Vorgehen, abseits des Zentrums des Geschehens, war unspektakulär: ein ganz normaler Schritt, dann ein nächster. Plötzlich bedrohte mich ein gegnerischer Läufer hautnah. Mir blieb keine andere Wahl, als ihn zu schlagen.«

Der Bauer machte eine Pause, und als er fortfuhr, klang seine Stimme ein wenig traurig: »Fortan achtete ich kaum mehr auf Finten,

Fallen und Fehler. Ich ging meinen Weg, so gut ich es vermochte. Dann, mit einem Mal, hatte ich mein Ziel erkannt: die 8er-Line. Ich verfolgte es durch alle Hochs und Tiefs, wenn ich in Ruhe war oder mich bewegte. Manchmal raunte mir ein vorübereilender Gefährte zu, ich sei ein Fantast. Die meisten von ihnen wurden geschlagen, als sie ihren eigenen Zielen hinterherrannten.«

Er hielt kurz inne, dann fuhr er fort: »Als ich nur noch einen Schritt vom Ziel entfernt war, verließen mich all meine Kräfte und der große Zweifel überkam mich. Alles hatte ich hinter mir gelassen – wozu noch weitergehen?

Warum ich den letzten Schritt dennoch getan habe, weiß ich nicht. Ich denke, es war nicht meine eigene Entscheidung. Ihr könnt es ›Glück‹ nennen.«

»Und was dann?«, flüsterte eine der anderen Figuren.

»Ich musste mich wandeln, blieb nicht mehr der, der ich war. Ich sah mit anderen Augen. Das Spiel, die Stille. Lachen. Jetzt bin ich wieder ein ganz normaler Bauer«, sagte er und fügte hinzu: «ein glücklicher Bauer!«

Wie lange sie in der Enge der Dunkelheit noch ausharren mussten, hätte keine der Figuren sagen können. Ihre Gedanken kreisten unentwegt um den Bauern und um das Glück. Es war still. Doch ein, zwei Mal wurde ein verhaltenes Glucksen hörbar.

Sybille Baecker

Sie spielt den Blues

In dem kleinen Raum, der als Garderobe diente, gab es keinen Spiegel. Sie saß auf einem einfachen Holzstuhl, während ihre Freundin noch schnell einen Hauch Puder über ihr Make-up legte, damit das Gesicht bei ihrem Auftritt nicht so glänzte.

»Du siehst gut aus.« Sie konnte sich nicht sehen, vertraute der Aussage ihrer Freundin. »Ich gehe jetzt. Piet wird dich gleich abholen.«

Sie war allein. Sie nahm die Gitarre aus dem Gitarrenkoffer, der neben ihrem Stuhl lag, und glitt mit den Fingern noch einmal liebevoll über die Saiten. Ihre Finger zitterten leicht, das war die Aufregung. Aber die würde sich legen. Es war nicht ihr erster Auftritt. Sie schlug ein paar Akkorde an und vernahm den Klang ihrer Gitarre. Zufrieden lächelte Sarah vor sich hin. Ihre Gedanken wanderten zurück in die Vergangenheit.

Sie kam aus einem kleinen Dorf im Norden Deutschlands, hatte dort eine glückliche Kindheit verlebt, bis zu ihrem siebten Lebensjahr. Sie wusste es genau. Ihr siebtes Lebensjahr war das Jahr, in dem die Welt vor ihren Augen verschwand, bis sich nach und nach eine ewige Dunkelheit um sie legte. Es war ein harter Schlag. Sie war verstört, konnte nicht begreifen, was passiert war, warum sie plötzlich nichts mehr sehen konnte. Die Erklärungen der Ärzte und auch die ihrer Eltern verstand sie nicht. Sie zog sich zurück in ihre dunkle Welt, fühlte sich traurig und allein gelassen. Es war schwer, für sie, für ihre Eltern, für die Geschwister, Verwandten und Freunde.

Regelmäßig fuhr sie in den nächsten Monaten mit ihrer Mutter in die nahe Stadt, um ihre Augen von Fachärzten untersuchen zu lassen. Doch sie konnten ihr nicht helfen.

Es war vielleicht ein Jahr später, als sie von einem der vielen Arzttermine kamen. Sie ging an der Hand ihrer Mutter durch eine

Fußgängerzone und ertastete sich ihren Weg. Es war ein warmer Tag und sie spürte die Sonne auf ihrem Gesicht. An diesem Tag hörte sie einen Straßenmusikanten. Er spielte Gitarre und Mundharmonika, zwischendurch sang er. Sie blieb stehen und lauschte, hörte dem Mann zu, wie er spielte. Die Musik berührte sie, drang in sie wie eine warme Welle, die ihren Körper durchflutete. Ein Lächeln breitete sich auf ihrem Gesicht aus, das erste ehrliche Lächeln seit Monaten. Ein Lächeln, das von innen kam, es hatte sich versteckt, ganz tief in ihr drinnen. Sie fühlte den Blick des Musikers, der sie ansah, und wusste, dass er nur noch für sie spielte.

Ihre Mutter erklärte ihr, dass es Bluessongs seien. Später erfuhr sie, dass es Musik war von John Lee Hooker, Muddy Waters, B. B. King und vielen anderen. Die Mutter wollte weitergehen, doch Sarah bewegte sich keinen Zentimeter von der Stelle, konnte nicht einfach fortgehen, sich nicht lösen. Sie erinnerte sich nicht mehr, wie lange sie dort gestanden hatte und wie ihre Mutter sie letztendlich doch überredet hatte, weiterzugehen.

Während der Fahrt zurück in ihr Dorf redete sie die ganze Zeit begeistert von der Musik, die sie gehört hatte, sagte, dass sie auch Gitarre spielen wolle. Sie wollte so spielen wie der Mann in der Fußgängerzone und bat ihre Mutter, ihr eine Gitarre zu kaufen.

Die Mutter konnte sich nicht vorstellen, wie ihre blinde Tochter das Spielen eines Instruments erlernen sollte. Doch Sarah blieb hartnäckig, jeden Tag, jeden Morgen, jeden Abend bettelte sie um die Erfüllung dieses einen Wunsches. Tagelang saß sie vor dem Radio und suchte einen Sender, der die Songs spielte, die sie in der Fußgängerzone gehört hatte. Als der Großvater das zufällig bei einem seiner Besuche mitbekam, schenkte er ihr bei seinem nächsten Kommen eine Schallplatte mit Bluesmusik. Sarah hörte die Platte so oft es ging. Schon bald konnte sie die Songtexte mitsingen. Diese Musik gab ihr etwas zurück, was sie verloren geglaubt hatte.

Schließlich machte die Mutter sich auf die Suche nach einem Musiklehrer, der ihre Tochter unterrichten wollte. Es war schwer am Anfang, es dauerte eine Zeit lang, bis sich ihre Finger an das Spiel mit den Saiten gewöhnt hatten. Aber die Mühe lohnte sich. Sie übte und übte und machte gute Fortschritte.

Der Tag, an dem Sarah zum ersten Mal eine eigene Gitarre in ihren kleinen Händen hielt, war der glücklichste Tag in ihrem Leben. Nie würde sie ihn vergessen. Es war ihr neunter Geburtstag. Es war ein kalter Tag, und als sie erwachte, hörte sie den Regen gegen die Scheiben klopfen. Vermutlich war der Himmel grau und wolkenverhangen. Die Mutter kam in ihr Zimmer, um sie zu wecken, und legte ein großes, schweres Paket auf ihr Bett. Sie führte ihre Hand zu einem Verschluss an der Seite des Pakets, ein Schloss öffnete sich und ein Deckel wurde zurückgeklappt. Ihre Hände tasteten vorsichtig in das Innere hinein und sie spürte die sechs Saiten der Gitarre, darunter der glatte, hölzerne Korpus. Liebevoll glitt sie den Gitarrenhals entlang, ertastete und zählte jeden einzelnen Bund. Ihre Gefühle überwältigten sie, Freude, Glück, Dankbarkeit. Sie erinnerte sich an die Tränen in ihren Augen.

Jedes Mal, wenn sie eine Gitarre hielt, auf ihr spielte, kam ein Stück von diesem Glück zu ihr zurück. Es ließ sie ihren Kummer, die Dunkelheit, die Einsamkeit vergessen. Wenn sie spielte, konnte sie die Welt wieder sehen. Die Musik zeigte ihr Farben, Formen, Menschen, Tiere, Landschaften, ließ sie teilhaben an einer Welt, die ihr sonst verborgen blieb. Dies war etwas, was ihr niemand nehmen konnte. Und der Blues war ihre Leidenschaft.

Es klopfte an ihre Tür.

»Hi, wir müssen los«, sagte Piets vertraute Stimme. Piet war Bassist und hatte mit ihr die Band gegründet. Das war jetzt fast fünf Jahre her, damals war sie gerade neunzehn Jahre alt.

Bis dahin hatte sie nur für sich gespielt, alleine zu Hause in ihrem Zimmer, gelegentlich bei Familienfesten. Dann trat Piet in ihr Leben. Er spielte Bass und kannte ihren Musiklehrer, und er wollte mehr, als nur alleine zu Hause spielen. Der Musiklehrer gab Piet ihren Namen und ihre Adresse, und an einem Samstag stand er vor ihrer Tür. Auch daran erinnerte sie sich genau. Er wusste nicht, dass sie blind war. Seine Verunsicherung, als er ihr gegenüberstand, war spürbar. Sie ließ ihn in die Wohnung, holte ihre Gitarre und begann zu spielen. Erst hörte er ihr schweigend zu. Doch schon nach den ersten paar Takten vernahm sie ein leises Fingerschnippen, aus dem mehr und mehr ein rhythmisches Klatschen wurde. Die Unsicherheit war vergessen. Da war eine Verbundenheit zwischen ihnen, und sie fühlten, dass sie gemeinsam weitermachen mussten.

Jetzt führte Piet sie den Gang entlang, sie hörten schon das Stimmengewirr aus dem Inneren der Kneipe. Tom, der Schlagzeuger, André, der zweite Gitarrist, und Lars, der Saxophonist, folgten ihnen. Es war noch sehr laut im Lokal. Aber sie wusste, wenn sie anfangen würden zu spielen, würden die Gespräche verstummen, und die Gäste würden mit ihnen und ihrer Musik feiern. Sie nahm die verschiedenen Gerüche wahr. Zigarettenqualm, Schweiß und Parfüm hatten sich zu einem bunten Cocktail vermischt.

Sie hatten die Bühne erreicht, standen hinter einem schweren Vorhang. Piet zog ihn ein Stück zur Seite.

»Elf Schritte«, sagte er leise zu ihr und schob sie vor sich hinaus, die anderen folgten. So war es immer, sie ging als Erste auf die Bühne. Sie spürte dieses Kribbeln im Bauch, die Aufregung, das Lampenfieber. Die Scheinwerfer erstrahlten und blendeten die Bandmitglieder. Die Strahler erzeugten eine starke Hitze, Schweiß trat auf ihre Stirn. Die Musiker suchten sich ihre Plätze. Ein Barhocker war vor Sarahs Mikrofon platziert. Sie setzte sich. Lars, der rechts neben ihr stand, steckte das Kabel, das zum Verstärker führte, in ihre Gitarre. Sie dankte ihm leise, lächelte ins Publikum und schlug zwei, drei leise Akkorde an. Ja, alles war in Ordnung. Sie nahm die linke Hand zum Rücken, gab dem Schlagzeuger ein Zeichen, und kurz darauf ertönte hinter ihr das vertraute Klicken der Drumsticks. Eins, zwei, drei, vier.

Das Konzert begann. Sie hatten einen rockigen Bluessong an die erste Stelle des Programms gestellt. Das gab ihnen die Chance, ihre eigenen Spannungen etwas abzubauen und die Zuhörer gleich mitzureißen. Der erste Song war wichtig. Wenn der Funke übersprang, wurde der Auftritt ein Erfolg. Spätestens wenn Sarah mit ihrer dunklen, kräftigen Bluesstimme einsetzte, ging das Publikum begeistert mit. Und sie hatte den Blues im Blut, obwohl sie weder schwarz noch in Memphis geboren war.

Sie entlockte den Saiten ihrer Gitarre die Akkorde, Riffs und Melodien. Ihr Gesang durchdrang den Raum, und es entstand eine geheime Verbindung zu den anderen Musikern, wie sie nur zwischen Musikern möglich war. Sie spielten sich die Melodien zu, ein selbstloses Nehmen und Geben, eine Einheit. Sie war glücklich, durch die Musik war sie wieder ein Teil dieser Welt geworden.

Das Publikum applaudierte, tanzte, pfiff.

Und sie spielte den Blues.

Angelika Flotow

Die Glückliche

Ganz in Weiß …, wie Zuckerguss schmeichelt sich die Stimme
aus dem Radio über die Schleiflackwände des Küchenschranks
ins Ohr. Weiß ist auch die Pampe aus Speisestärke und Wasser, die
sie in die Brühe rührt. Sie darf nicht versäumen, diesen Kitschsender,
wie die Jungs ihn nennen, rechtzeitig auszuschalten. Sich nur nicht
schon wieder der Lächerlichkeit preisgeben! Von einer weißen Hochzeit
hat auch sie einmal geträumt. Kurt hat jedoch gemeint, das Geld sei
besser in eine Musik- und Fernsehanlage mit allen Schikanen angelegt als in eine großartige Feier mit teurem Hochzeitskleid. Beate be-
deute die Glückliche, hat der Standesbeamte erläutert und gewünscht,
dass dieser Name wegweisend für ihre Zukunft sei. Die Soße schlägt
Blasen. Die Glückliche stellt den Herd ab. Welch ein Glück ist doch
diese Atempause des Alleinseins mit sich! Heftig fährt der Kochlöffel
durch die sich verdickende Masse. Dieser heimliche Friede! Die Musik und der Dampf, der aus dem Topf quillt, hüllen sie ein, verbergen
die abgeplatzten Leisten des Hängeschranks, dessen ehemals weiße
Oberfläche einem zweifelhaften Gelb gewichen ist. Hängt vielleicht
noch ein Hauch des Dufts von Kurts Overall in den Wänden? Diese
unwiderstehliche Mischung aus Zigarettenrauch, Wagenschmiere und
Schweiß, wenn er sie abends bei seiner Heimkehr umarmt hat! Ja, sie
kann sich glücklich nennen, bei der Erinnerung an diese erste Zeit in
der Küche! Vielleicht war das einfach zu viel, und ihr Anteil am Glück
hat sich damit erschöpft. Oder? Der Dampf gaukelt ihren Augen eine
Gestalt vor, die wie ein Geist aus der Flasche auf sie zu wabert. Das
Gesicht ist im Nebel verborgen, doch sie spürt, dass liebevolle Augen sie
anblicken und sanfte Lippen im Begriff sind, ihre Haut zu streifen.

Polizeimeister Arne Kleinschmidt, der Lange, wie er wegen seiner
Statur in Polizeikreisen genannt wird, rutscht unbehaglich auf dem

Fahrersitz seines Dienstfahrzeugs hin und her. Schnallt sich schließlich umständlich an, tastet seine Jacke ab, vergewissert sich, dass alles an Ort und Stelle ist, kramt ungelenk nach einem Taschentuch und tupft sich die Stirn ab. Sein Kollege neben ihm rollt mit den Augen, bedeutet ihm, doch endlich loszufahren. Da Arne keinen weiteren Vorwand zur Verzögerung findet, lässt er widerwillig den Motor an. Die Strecke ist ihm bekannt, er braucht nicht einmal die Hausnummer zu suchen. Wenn nun alle Ampeln auf dem Weg Rot zeigen, kann er ein paar Minuten herausschinden. Natürlich will sein Kollege wissen, warum er nicht das Martinshorn einschaltet. Wem das nützen soll, gibt er zur Antwort, schließlich jagen sie keinen Verbrecher. Im Geist legt er sich noch einmal die Worte zurecht. Dabei kennt er sie auswendig. Und doch kostet es ihn jedes Mal Mühe, sie auszusprechen. Diesmal wird es für ihn besonders schlimm, das weiß er, und dennoch hat er sich für diesen Einsatz freiwillig gemeldet.

Die Glückliche liebt es, Gerichte zu erfinden. Nach Jans Geburt hat sie sich fest vorgenommen, ihre Lehre als Köchin fortzusetzen, aber dann hat sie Kai erwartet. Wozu brauche sie eine Ausbildung, hat Kurt sie gefragt und versichert, dass er als Kfz-Meister genug für sie alle verdiene. Dass er nun seit fast einem Jahr arbeitslos sei, liege nicht an ihm. Es sei ein Zeichen der Zeit, in der sie leben, sagt Kurt. Die Hand mit dem Kochlöffel hält inne. Zufrieden nickt die Glückliche. Die Brühe, in der die Bohnen, Birnen und der Speck gegart sind, ist glatt und sämig. Kurt und die Jungs müssen jeden Augenblick kommen. In einer halben Stunde beginnt das Länderspiel, das versäumen die drei nie! Ganz kurz blitzt ein Gefühl von Ausgeschlossenheit in ihr auf. Dabei ist es richtig, dass sie in jedem Fall lieber zu Hause geblieben wäre, selbst wenn die drei sie aufgefordert hätten, sie auf ihrer Spritztour mit dem neuen Auto zu begleiten. Sie hätte ihnen ihren Männerspaß gegönnt. Aber sie haben ihr nicht einmal die Möglichkeit gegeben, abzulehnen. Sie schluckt die aufkommende Bitterkeit hinunter. Wie konnte es nur geschehen, dass sich ihre anhänglichen

Kleinen in verschlossene Fremde verwandelt haben? Sie will lieber nicht wissen, woher das Geld für Jans Designerjacke stammen mag, wo er doch die Malerlehre wegen seiner plötzlichen Farballergie hat abbrechen müssen. Wie Kurt den neuen Wagen finanziert hat, weiß sie allerdings genau.

Vor einem guten Jahr ist Arne Kleinschmidt zum ersten Mal in das Haus gerufen worden. Der Mann und die beiden Jugendlichen haben nach Fusel stinkend randaliert und neben ihm und seinem Kollegen die gesamte Nachbarschaft angepöbelt. Die Frau hat händeringend versucht, sie zu beschwichtigen und sich zwischendurch immer wieder bei den Beamten entschuldigt.

Dieses Szenario hat sich seitdem ein paar Mal wiederholt. Arne glaubt, die Familie inzwischen ganz gut zu kennen. In nüchternem Zustand sind die Männer ganz in Ordnung. Die kleine Frau mit den weit geöffneten nach Verständnis heischenden Augen und dem hilflosen Zucken ihrer zerbrechlich wirkenden Schultern hat sein ganzes Mitgefühl. Immer bereit zu schlichten, Erklärungen zu finden für das Verhalten der Männer. Nur neulich hat sie geschwiegen, als Arne nach dem Ursprung des Veilchens fragte, das ihr rechtes Auge verbarg. Sie hat stumm den Kopf geschüttelt, während der Mann ihn herausfordernd angrinste. Arne hat seine Hand zwingen müssen, das Protokoll aufzunehmen, anstatt sie zur Faust geballt diesem Feigling ins Gesicht zu schmettern.

Wie hat sie bei der Nachricht gejubelt, Kurt habe bei dem Preisausschreiben den Hauptgewinn gezogen! So viel Geld! Ihr Blick fällt auf die abgewetzte Couchgarnitur, während sie den Tisch deckt. Der Herd müsste auch einmal erneuert werden. Aber Kurt hat darauf beharrt, dass es schließlich sein Geld sei. Während der Diskussion haben die Jungen erwartungsvoll von ihrem Vater zu ihr geschaut. Die Glückliche hat sich den Einwand gespart, dass sie es gewesen sei, die die Postkarten verschickt habe, eine mit ihrem Namen und eine mit Kurts, um die Gewinnchancen zu erhöhen. Sie hatten schon reichlich auf den unverhofften Geldsegen angestoßen. Da war es besser, den Mund zu halten.

Nein, mit dem Auto, für das jeder Cent von dem Gewinn draufgegangen ist, will sie nun wirklich nicht fahren! Beim Geräusch einer zuklappenden Wagentür zuckt die Glückliche zusammen. Sie schiebt die Küchengardine zur Seite und blickt die fünf Etagen hinunter auf den feucht glänzenden Parkplatz. Zwei Polizisten sind ausgestiegen. Immer noch nicht Kurt und die Jungs! Ihr Blick wandert zum Himmel, wo die dichten Wolken in schnellem Tempo aufreißen und auseinander getrieben werden. Blauer Himmel wird sichtbar, und unvermittelt schießt die Abendsonne mit einer Heftigkeit hervor, als habe sie sich allzu lange zurückhalten müssen. Sie ergießt sich über das Häusermeer, lässt die Regentropfen auf den Autos aufblitzen und die Pfützen auf dem Parkplatz funkeln. Die Glückliche hält den Atem an. Die Verwandlung grenzt an Zauberei! In diesem Augenblick würde sie sich nicht wundern, wenn eine unsichtbare Stimme ihr mitteilte, dass sie ihr bisheriges Leben nur geträumt habe, dass die Zeit zurückgedreht werde und sie neu beginnen könne.

Arne Kleinschmidt schiebt sich aus dem Peterwagen. Sein Blick wandert an der mit Graffiti beschmierten Häuserwand hinauf in den fünften Stock. Er atmet tief durch und stürzt vorwärts, als gelte es, in die Schlacht zu ziehen. Sein Kollege trottet gleichmütig hinter ihm her. Sie wird zusammenbrechen, denkt Arne, und bei dem feinen Stich von Eifersucht, den er unsinnigerweise verspürt, knirscht er mit den Zähnen. Woher nur rührt dieses Bedürfnis, sie aufzufangen, wenn er ihr beibringen muss, dass ein Tankwagen ungebremst in das Ende eines Staus auf der Autobahn gerast ist? Dass alle drei Insassen des letzten Wagens bei dem Aufprall umgekommen sind.

Sie ist hungrig. Möchte am liebsten schon anfangen zu essen. Traut sich nicht. Es klingelt. Na, endlich! Haben sie wieder einmal den Schlüssel nicht gefunden. Das Radio! Sie eilt zur Tür.

Arne Kleinschmidt würgt die unmöglichen Worte hervor. Seine Hände werden von den mageren Armen der Frau angezogen, die mit starrem Blick durch ihn hindurchschaut, trauen sich nicht, tröstend über die blasse Haut zu streichen. Fragt die Versteinerte schließlich, ob er einen Arzt oder eine Freundin benachrichtigen soll. Lässt sich nur widerwillig überzeugen, als sie leise darum bittet, allein gelassen zu werden. Überlegt auf dem Weg nach unten, ob er den Mut aufbringt, sie später unter einem Vorwand noch einmal aufzusuchen.

Die Glückliche erwacht aus ihrer Erstarrung. Spürt den Hunger wie einen stechenden Schmerz. Sammelt Teller und Bestecke ein, räumt sie bis auf ein Gedeck weg. Stellt das Radio an, wärmt das Essen auf, bis es dampft. Wieder vermeint sie durch den Dunstschleier den Blick auf eine Gestalt zu erhaschen. In dem gleißenden Licht der Abendsonne, deren Strahl sich genau in diesem Moment ihren Weg in die Küche bahnt, bleibt das Gesicht verborgen, doch spürt sie den Luftzug an ihrer Seite wie eine Liebkosung, sieht den Nebelmann ihr mit seinem gesichtslosen Kopf zunicken. Sie füllt eine reichlich bemessene Portion des vorbereiteten Mahls auf ihren Teller. Während die Glückliche die Gabel durch die Bohnen gleiten lässt, läuft ihr das Wasser verheißungsvoll im Mund zusammen.

Ursula Knie

Ankunft

Als Cordula in Luzern ankam, war es noch dunkel. Beim Verlassen des Bahnhofs sah sie die Altstadt, ihre Türme und Dächer wie durch einen Schleier. Selbst die nahe Kapellbrücke über die Reuß, der Turm im Wasser, waren nur schattenhaft zu erkennen. Gelbe Lampen schwammen im Dunst. Es regnete und schneite. Alles triefte vor Nässe. Doch was für ein herrlicher Morgen. Der Morgen der Ankunft. Kein noch so trübes Wetter konnte ihm seinen Glanz nehmen. Silvester. Der letzte Tag vor einem neuen Jahr. Vor einem neuen Leben. Sie versuchte die Stadt zu erschnuppern, zu erfühlen, durch Schneetreiben und Regen den See zu erkennen. Die ganze Nacht, während der langen Fahrt vom Rheinland in die Schweiz, hatte sie den Abschied vom Elternhaus noch wie einen Stachel gespürt. Doch nun fiel die Bedrückung von ihr ab. Sie war frei. Das Leben konnte beginnen.

Sie hatte eine Stelle, ein Zimmer und ausreichend Geld, den ersten Monat zu überstehen. Mehr brauchte sie nicht. Sie fühlte sich reich. Reich genug, ein Taxi zu nehmen. Sie schleppte ihre Koffer zum Taxistand, ein Wagen kam ihr entgegen. Der Fahrer verstaute ihr Gepäck im Kofferraum und fluchte über das Wetter. Sie lächelte ihn strahlend an: »Mettenwylstraße 3.« Dann blieb sie stumm, zu sehr war sie damit beschäftigt, die Umgebung, die Umrisse ihres neuen Lebens zu erspähen. Das Taxi überquerte die Seebrücke, fuhr an der Uferpromenade entlang, bog links ab, weg vom See, folgte einer gewundenen Straße den Berg hinauf. Jede Biegung der Straße, jeder neue Blick auf die Stadt erschien Cordula wie die Verheißung kommender Seligkeit. Viel zu schnell brachte das Taxi sie ans Ziel.

»Da ist es«, sagte der Fahrer und zeigte auf ein älteres Haus hinter einem kahlen Vorgarten.

Sie war angekommen, zum zweiten Mal an diesem Morgen.

Ihre neue Zimmerwirtin zeigte sich überrascht von ihrer Ankunft: »Ein Zimmer? Bei mir? Davon weiß ich nichts. Wer soll denn das Zimmer für Sie bestellt haben?« Fräulein Künzli musterte Cordula durch dicke Brillengläser von oben bis unten und zurück.

»Frau Brunner von der Firma Odermatt. Ich werde ab Januar bei Odermatt arbeiten. Frau Brunner hat mir geschrieben, dass sie mit Ihnen telefoniert habe und dass Sie ihr das Zimmer zugesagt hätten.«

»Ich weiß von nichts, aber Sie haben Glück. Ich habe ein Zimmer frei.«

Cordula wunderte sich nicht. Glück war etwas, mit dem sie fest rechnete. Nicht einen Moment hatte sie geglaubt, sie könne nun auf der Straße stehen.

Fräulein Künzli bat sie ins Haus, zeigte auf eine Reihe von Pantoffeln, die im Flur bereitstanden, und klärte sie darüber auf, dass niemand die Treppe mit Schuhen betreten dürfe und Herrenbesuche nicht gestattet seien. Dann wies sie Cordula ein Paar Pantoffel zu und stieg ihr voran die Treppe hinauf bis ins Dachgeschoss, ein beschwerliches Unterfangen, denn Fräulein Künzli litt an diversen Altersbeschwerden, über die sie sich bei Cordula auf dem Weg nach oben bitter und ausführlich beklagte.

Oben angekommen, öffnete sie eine Zimmertür, ließ Cordula eintreten und sagte: »Das ist das freie Zimmer, es kostet hundert Franken im Monat, und hundert macht die Kaution, das müsste ich dann gleich kassieren.«

Cordula sah sich um. Ein winziges Dachzimmer, ein Fenster, das in den Himmel sah, ein Bett, ein Kleiderschrank, ein Stuhl, ein kleiner Tisch, ein Ofen, der nicht brannte. Es war eiskalt im Zimmer. Auch das Bad, das Fräulein Künzli ihr zeigte, war ungeheizt.

»Das Bad teilen Sie mit den beiden anderen Fräulein, die im Dachgeschoss wohnen. Ich werde Ihnen den Ofen im Zimmer anheizen. Das Bad wird nur geheizt, wenn jemand baden will, das kostet zwei Franken.«

Cordula bezahlte die zweihundert Franken, Fräulein Künzli versprach eine Quittung. Dann machte sie sich am Ölofen zu schaffen und untersagte ihr, während sie herumhantierte, im Bad Wäsche zu waschen, im Zimmer zu kochen, zu bügeln, zu rauchen und einen Tauchsieder zu benutzen. Cordula konnte kaum erwarten, sie loszuwerden. Als sie endlich allein war, warf sie sich auf das Bett und stieß einen Freudenschrei aus. Sie war zu Hause. In einem neuen Leben zu Hause. Sie hatte ein Zimmer für sich, eine Tür, die sie hinter sich abschließen konnte. Niemand konnte ihr mehr Vorschriften machen. Fräulein Künzli zählte nicht. Voll Behagen spürte sie, wie sich das Zimmer erwärmte. Mit ihren Blicken nahm sie es in Besitz.

Was sie sah, gefiel ihr. Altmodisch, aber gemütlich. Nach einer Weile stand sie auf, aß das letzte belegte Brot, das ihre Mutter ihr eingepackt hatte, den letzten Apfel. Dann packte sie die Koffer aus und räumte ihre Habseligkeiten in den riesigen Kleiderschrank. Tauchsieder, Teekanne und Bügeleisen versteckte sie hinter Unterwäsche und Handtüchern. Sie nahm an, dass Fräulein Künzli das Zimmer in ihrer Abwesenheit inspizieren würde, doch sie vertraute auf die Kurzsichtigkeit und die Unbeweglichkeit der Alten. Als sie mit dem Einräumen fertig war, holte sie ihre Schlüssel bei Fräulein Künzli ab und machte sich auf den Weg in die Stadt.

Es hatte aufgehört zu schneien, doch der Himmel war noch immer grau und schwer. Sie nahm den Bus, er brachte sie in wenigen Minuten hinunter in die Stadt. Als der See vor ihr auftauchte, die dunstverhangene Silhouette der Berge, fragte sie sich, ob sie sich je an die Schönheit dieses Anblicks gewöhnen würde. Sie fuhr bis zum Bahnhof, um über die Kapellbrücke zurück in die Altstadt gehen zu können, stand lange in der Mitte der Brücke und sah hinunter auf das eilige Wasser der Reuß. In der Altstadt war Hochbetrieb. Die Leute machten die letzten Einkäufe für den Jahreswechsel. Cordula schlenderte durch die Gassen, betrachtete die Auslagen der Geschäfte, malte sich aus, was sie alles kaufen würde, könnte sie es sich leisten. In einem Lebensmittelmarkt versorgte sie sich mit Essbarem: Brot, Käse, Butter, Joghurt, Tee, Apfelsinen und drei Tafeln Schokolade. Sie würde den Jahreswechsel mit Schokolade und Tee feiern, Sekt mochte sie sowieso nicht.

Als sie müde und hungrig wurde, suchte sie sich in einem Café an der Reuß einen Platz mit Blick auf den Fluss. Warm umfing sie freundliches Licht, auf jedem Tisch stand eine kleine Lampe, warm spürte sie in ihrem Rücken das Polster der Sitzbank. Auf der Speisekarte gab es ein paar kleinere Gerichte, die nicht zu teuer waren. Sie aß Pastetchen mit Reis und bestellte sich anschließend noch einen Kaffee, um die Gemütlichkeit des Cafés, die Wärme und die Aussicht so lange wie möglich genießen zu können. Neugierig versuchte sie aufzuschnappen, was an den Tischen ringsum geredet wurde, leise, mit verhaltenen Stimmen. Es fiel ihr nicht leicht, dem fremden Dialekt auf die Spur zu kommen, und sie freute sich jedes Mal, wenn sie einen Ausdruck, einen Satz verstand. Draußen versank der Nachmittag in einer weichen, mit Lichtern bestechen Dunkelheit. Schnee schimmerte auf den Dächern. Die Tischlämpchen spiegelten sich im Fensterglas. Ihren Kaffee hatte Cordula schon lange ausgetrunken, eine Weile wich sie noch den Augen der Serviererin aus, antwortete dann auf ihre direkte Frage, nein, sie habe keinen Wunsch mehr, und bezahlte ihre Rechnung. Sie streckte ihr Gesicht dem Fenster entgegen, um noch einen letzten Blick auf den Fluss und die Lichter am anderen Ufer zu werfen, und fand im Fensterglas ihr eigenes Bild. In die Helligkeit ihres Gesichtes waren Augen und Augenbrauen wie mit schwarzer Kohle, ihr Mund wie mit weichem Pastell gezeichnet. Ihr dunkles Haar zerfloss in Schatten. Sie lächelte sich zu, fand sich schön. Ihr Blick begegnete dem eines jungen Mannes. Sie fühlte sich ertappt, lachte seinem Gesicht in der Scheibe verlegen zu, fing sein Lächeln, warf es zurück, flirtete ein paar Augenblicke mit ihm. Dann stand sie auf, nickte ihm auf dem Weg zur Tür einen Abschiedsgruß zu und verließ das Café.

Es hatte wieder begonnen zu schneien. Sie streckte ihr Gesicht den Flocken entgegen, spürte kleine nasse Küsse auf ihrer Haut. Es fühlte sich gut an. Einen Augenblick hoffte sie, der junge Mann würde ihr folgen, sie ansprechen, doch schon im nächsten Moment war sie froh, unbehelligt zu bleiben. Der Tag gehörte ihr. Die Zukunft gehörte ihr. Das Bewusstsein ihrer Unabhängigkeit stieg ihr wie Alkohol zu

Kopf und bewegte ihre Beine. Sie beschloss, den Weg zurück zu Fuß zu gehen. Ihr Glück brauchte Bewegung. Die Gassen waren nun ruhiger, die Geschäfte geschlossen. Cordula ging los, ohne lange zu überlegen. Sie war sich der Richtung sicher. Mal lief sie schnell, mal trödelte sie, mal rannte sie fast. Der Rhythmus ihrer Schritte wurde bestimmt vom wilden Gang ihrer Gedanken, ihrer Zukunftsträume. Sie summte und sang vor sich hin. Manchmal wagte sie übermütige kleine Sprünge, die auf verständnislose Blicke trafen. Einmal rempelte sie einen älteren Mann an und scheuchte einen Schwall böser Worte auf. Lachend entschuldigte sie sich. Er schimpfte weiter. Es kümmerte sie nicht. Sie nahm einen Anlauf und hüpfte über eine Pfütze.

Das Leben war schön. Und es fing erst an.

Christiane Scheck

Das kleine tägliche Glück

Xu steht vor dem Spiegel, im Rampenlicht der Glühbirnen. Sie sieht sich in einem türkisfarbenen, schulterfreien Fransenkleid, das bei jeder ihrer Bewegungen seicht mitschwingt. Sie stellt sich vor, wie das Publikum ihr zujubelt und applaudiert, ihr, der Schlagerkönigin Chinas. Sie verneigt sich anmutig.

»Hej, Xu, mach schon, jetzt bin ich an der Reihe! Die fünf Minuten sind um«, ruft jemand vor der Badezimmertür.

Xu schreckt aus ihrem Tagtraum hoch. Die Bühne hat sich wieder in das alte Bad verwandelt. Es ist nur zwei Quadratmeter groß. Die Wände sind mit alten gelben Kacheln beklebt, die meisten weisen Risse auf. Eine schäbige alte Toilette, eine winzige Duschnische und ein kleines Gästewaschbecken, in dem man nur eine Hand zurzeit waschen kann, befinden sich im Raum. Über dem Waschbecken hängt ein tellergroßer Spiegel, indem Xu nun wieder ihr ausgemergeltes Gesicht mit den glanzlosen Augen erkennt. Sie ist keine Schlagergöttin, sondern ein neunzehnjähriges Mädchen, verstoßen von ihrer Familie auf dem Land, schuftet sie nun seit drei Jahren im Mühlrad der Großstadt von Shenzhen. Jeden Tag zwölf Stunden für einen Lohn, mit dem sie sich gerade einmal eine Zweizimmerwohnung mit zwölf anderen Mädchen leisten kann. Diese liegt im dritten Stock eines schäbigen Hinterhauses einer schäbigen Gasse in einem schäbigen Viertel von Shenzhen. Einem Viertel, in dem der Beruf einer Prostituierten weiter verbreitet ist als der Beruf einer ehrlichen Masseuse, den Xu und ihre Mitbewohnerinnen ausüben.

Xus' dünne, schulterlangen Haare sehen heute strähniger aus als sonst. Sie beschließt sie mit einem Gummiband nach hinten zu binden. Dann schließt sie die Badezimmertür auf. »Du kannst«, sagt sie monoton zu ihrer Mitbewohnerin Tang, eines der zwölf Mädchen aus ihrer Wohnung und gleichzeitig ihre beste Freundin.

Nach einer Stunde hat jede von Xus' Mitbewohnerinnen ihre Fünfminutenschicht im Bad beendet. Gemeinsam machen sie sich auf den Weg zur Massagepraxis. Ihr Weg führt sie durch überfüllte Straßen zur U-Bahn. Während alle anderen, wie jeden Tag, quirlig durcheinander reden, bleibt Xu heute stumm. Sie stellt sich immer noch vor, eine Schlagerkönigin zu sein und in einem der vielen Glaspaläste ganz oben, in einer Penthouse-Wohnung, zu wohnen. Eine Wohnung für sie ganz alleine, mit so vielen Badezimmerminuten, wie sie möchte, und mit einer fantastischen Aussicht auf all diejenigen, die, wie sie jetzt, durch die Straßen eilen, um pünktlich zur Arbeit zu kommen.

In dem Augenblick, als sie in die dunkle U-Bahn steigen, nimmt Tang sie schwungvoll unter den Arm, mit so viel Kraft und Energie, die sie selbst lange nicht mehr verspürt hat.

»Xu, was ist mit dir? Du siehst heute nicht gerade glücklich aus«, fragt Tang aufmunternd.

»Ach«, stöhnt Xu freudlos, »es ist eben ein Tag wie jeder andere.«

»Kein Tag ist wie jeder andere, Xu«, erwidert Tang. »Du wirst sehen. Es gibt immer etwas Schönes an einem Tag. Wir werden sehen, was es bei dir heute sein wird. Also, freu dich darauf und lächle wieder, o. k.?«

Xu presst ihre Lippen fest zusammen und zieht ihre Mundwinkel wie auf Befehl nach oben. »Nicht besonders überzeugend«, lacht Tang.

Die nächste Bahnstation kommt in Xus' Sichtweite. Die U-Bahn-Bremsen quietschen gewaltig, um den eisernen Koloss anzuhalten. Alle im Zug stehenden Passagiere geraten ins Schwanken. Xu verliert beinahe ihr Gleichgewicht, kann sich dann aber gerade noch rechtzeitig bei Tang auffangen.

Mit kurzen schnellen Schritten betreten die Mädchen eifrig den Massagetempel. Ab jetzt haben sie keine Namen mehr, sondern nur noch Nummern. Xu ist die Nummer 109 von insgesamt dreihundert. Dicht gedrängt ziehen sich die Mädchen im Umkleideraum ihre Massageuniform an. Heute ist die türkise mit dem roten

Kragenfutter an der Reihe. Fast wie das türkisfarbene Kleid, was ich mir heute Morgen vorgestellt hatte, denkt Xu und muss über den absurden Vergleich sogar ein wenig lächeln. Schlagergöttin? Wohl eher Putzkolonne!

Nachdem alle umgezogen sind, werden die Mädchen von einer strengen Aufseherin auf die einzelnen Massagekabinen verteilt. Diese liegen eng bei eng, sind aber mit Papierschiebetüren abgeteilt. Xu hat heute Pech. Sie hat noch keinen Kunden und muss zunächst im kleinen stickigen Warteraum Platz nehmen, in dem den ganzen Tag der Fernseher vor sich hin dröhnt. Ungeduldig wartet sie auf eine Durchsage des Lautsprechers: »109, Kabine 34 bitte!«, damit sie massieren und Geld verdienen kann, denn für das Warten und Nichtstun wird hier niemand bezahlt.

Endlich ist es so weit. Sie ist an der Reihe. In dem engen Massageraum sitzt bereits ein Amerikaner, Geschäftsmann, wie es den Anschein hat. Er trägt einen sehr vornehmen Boss-Anzug. Xu stellt sich vor, wie er der Verehrer einer Schlagergöttin sein könnte, jemand der ständig schmachtend mit Körben von Blumen vor ihrer Garderobentür steht und auf Einlass wartet.

»Herzlich willkommen in unserer Massagewelt. Ich bin Mädchen 109 und würde Sie gerne massieren. Was darf ich für Sie tun?«, fragt ihn Xu. Diesen Satz kann Xu mittlerweile im Schlaf herunterbeten. Die Unterweiserin hat ihn ihr eingebläut in einer einstündigen Unterweisung zu Beginn ihrer Zeit hier.

»Vielen Dank«, erwidert der Amerikaner mit starkem Akzent. »Ich würde gerne eine Fußmassage haben.«

»Sicher, sehr gerne«, entgegnet Xu und legt sofort los. Sie mag diesen Mann. Er ist ihr lieber als die Chinesenmachos, die sie wie Abfall behandeln. Oder die reichen gelangweilten Hausfrauen, die sich daran ergötzen, bedient zu werden. Er wirkt höflich, gebildet und sehr gepflegt.

»Ach, das ist eine Wohltat«, sagt der Amerikaner nach einer Weile. »Ich habe selten eine so gute Fußmassage erlebt. Waren Sie dafür auf einer Schule?«

»Nein, leider nicht, das kann ich mir nicht leisten«, antwortet Xu höflich. »Aber man hat mich hier alles Notwendige gelehrt und nach drei Jahren Praxis hat man auch die nötige Übung.«

»Ich würde sagen, es ist bei Ihnen eher das nötige Talent vorhanden.« Dabei lacht er sie freundlich an. Am Ende der Massage drückt er ihr plötzlich zehn Dollar Trinkgeld in die Hand.

»Das ist für Ihr Talent. Nutzen Sie es klug.«

»Oh, vielen Dank, Sir«, stottert Xu fassungslos. Ein solches Trinkgeld hatte sie noch nie zuvor erhalten. Sie spürt, wie ihr Gesicht knallrot wird und wie ihr die Hitze aufsteigt. Verschämt blickt sie nach unten und hofft, der Amerikaner wird sich schnell verabschieden.

»Wenn ich wieder einmal in der Nähe bin, werde ich Ihre Nummer verlangen. Vielen Dank. Auf Wiedersehen«, sagt er und geht, endlich.

Wenn er wiederkommt und dann immer wiederkommt und mir jedes Mal so viel Trinkgeld gibt, für das ich normalerweise drei Tage arbeiten müsste, werde ich vielleicht beinahe reich werden und mir ein paar Träume erfüllen können, denkt Xu. Ein Glücksgefühl durchströmt sie, und sie fühlt sich auf einmal wie die Schlagergöttin, die gerade von ihrem schmachtenden Verehrer jede Menge Komplimente und Blumen überreicht bekommen hat, nachdem sie ihm endlich Einlass in ihre Garderobe gewährt hatte. Es wird doch immer Menschen geben, die mich nicht im Stich lassen, denkt sie. Und wenn es nicht mehr der Amerikaner ist, dann vielleicht ein anderer. Die Zuversicht steigt in ihr hoch wie ein Sonnenstrahl, der langsam von ihren Füßen aufwärts nach oben wandert und sie wärmt. Sie weiß, dass sie diese Zuversicht braucht, um zu überleben, und schwört, an ihr festzuhalten, so lange sie kann. Als sie wieder auf dem Weg zum Aufenthaltsraum ist, begegnet ihr Tang auf dem Flur.

Fröhlich winkt ihr Xu mit dem 10-Dollar-Schein zu: »Du hattest Recht, Tang. Jeder Tag hält ein bisschen Glück bereit, und es lohnt sich, darauf zu warten.« Dann schreitet sie weiter den Flur entlang, wie eine Schlagergöttin mit hoch erhobenem Haupt, bereit für den nächsten Bühnenauftritt.

Annette Kipnowski

Das Paradies

K äthe! Noch ein Pils und ein Korn!«
»Du hast schon genug auf deinem Deckel, Theo!«

»Schreib es dazu. Keine Angst, du kriegst dein Geld.«

Die Wirtin schüttelte den Kopf, brachte aber das Gewünschte.

»Trink nicht so viel. Du weißt doch, dann gibt es Ärger mit Elsbeth.«

»Mit Elsbeth gibt es immer Ärger«, brummte Theo und kippte den Schnaps hinunter.

Die Tür der Gaststätte ging auf und eine Schar Männer kam herein.

»Na, Theo, mal wieder die Messe geschwänzt? Dabei hast du heute was verpasst.«

»Mmh«, brummte Theo desinteressiert, aber Kalle redete weiter.

»Der Pastor hat übers Paradies geredet, wie man sich das so vorzustellen hat.«

»Mmh.«

»Ja, hättest du dir ruhig auch anhören können. War interessant. Der Pastor hat gesagt, dass das Paradies nicht so ist, wie wir es aus dem Religionsunterricht kennen: ein großer Garten, und alle laufen nackt herum. Da kann ich ja froh sein, habe ich gedacht, dann muss ich da wenigstens nicht den dicken Bauch vom Emil sehen.«

»Der Emil kommt doch in die Hölle«, warf ein anderer ein, und alle lachten.

»So, und wie ist das Paradies denn?«, fragte Theo mit mäßigem Interesse.

»Also – das Paradies ist hier.«

»Wo hier?«

»Das hat der Pastor so genau nicht gesagt. Eben überall. Das Paradies ist zu Hause, auf der Arbeit und so weiter.«

»Halt keine Predigt, Kalle! Egon hat schon gegeben. Du kommst raus. Wir spielen um ein Zehntel.«

Das Paradies ist bei mir zu Hause! Und auf der Arbeit!

Ich habe den Pastor bisher für einen vernünftigen Menschen gehalten, der etwas vom Leben versteht, dachte Theo.

Und der behauptet, unsere viel zu kleine Wohnung mit der hohen Miete sei das Paradies. Und Elsbeth mit der auseinander gegangenen Figur und ihren Krampfadern soll wohl Eva sein?

Ja, damals war sie eine stramme Person mit braunem Pferdeschwanz. Der wippte lustig beim Tanzen. Und die eine Haarsträhne hing ihr immer über den Augen, und die strich sie weg. Mit so einer typischen Bewegung. Und sie lachte viel.

Heute keift sie nur noch. Und ihre Haare sind entweder fettig oder sie hat die Lockenwickler drin.

Und wenn ich trotzdem mal in Stimmung komme, sagt sie, lass mich in Ruhe, Theo, du bist betrunken. Auch wenn es gar nicht wahr ist.

Was konnte er denn dafür, dass die Firma Kurzarbeit macht und sie die schwarze Ledergarnitur zurückgeben mussten, weil sie die Raten nicht bezahlen konnten? Und dass die Ursel ihren Führerschein machen will und Elke schon wieder neue Klamotten braucht, weil sie so schnell wächst?

Wenigstens brachte der Bernie bisher etwas Geld nach Hause. Aber jetzt hat er eine Freundin, und da reicht es dann auch wieder hinten und vorne nicht.

Theo seufzte. Eigentlich sollte er nach Hause gehen, sicherlich stand der Schweinerollbraten schon auf dem Tisch. Mit Kartoffeln und Porreegemüse. Und zum Nachtisch Apfelkompott. Oder Schokoladenpudding mit Vanillesauce, weil Sonntag ist.

Er würde wieder zu spät kommen und Elsbeth wieder keifen: »Glaub nicht, ich mach dir das Essen wieder warm!«

Und er würde nichts sagen und nichts essen und ins Bett gehen und bis zur Sportschau schlafen. Wie jeden Sonntag.

»Darf ich mich zu Ihnen setzen?«

Theo schrak zusammen und schaute auf den Mann, der sich auf den Hocker neben ihm an den Tresen setzen wollte.

»Sie sind nicht von hier?«, fragte Theo mit schwerer Zunge.

»Nein, auf der Durchreise«, antwortete der neue Nachbar und machte eine vage Handbewegung. »Ein netter Ort hier.«

»Na ja, es gibt bessere. Soll aber das Paradies sein«, meinte Theo ironisch.

Der Gast fand diese Bemerkung offensichtlich nicht merkwürdig.

»Sie meinen das also nicht?«

»Nee, so bekloppt bin ich nicht, auch wenn meine Frau …«

Theo fiel ein, dass es den Fremden nichts anging, was Elsbeth oft zu ihm sagte.

»Wie sähe denn Ihr Paradies aus?«

Normalerweise hätte sich Theo mit einem Fremden nicht auf ein solches Thema eingelassen, aber er antwortete: »Also erst mal: genug Geld, dass man nicht mehr arbeiten muss. Und Urlaub. So unter Palmen, Sie wissen schon, wie man es oft im Fernsehen sieht. Und …«

»Ja?«

»Na ja, Frauen … oder sagen wir mal – eine: jung, schön, na ja, Sie wissen schon.«

Der Gast nickte verständnisvoll.

»Das lässt sich machen.«

»Was lässt sich machen?«

»Ihr Paradies.«

»Sie können so was?« Theo fand es irgendwie gar nicht so abwegig.

»Und was wollen Sie dafür? Meine Seele oder was?« Schließlich ist das im Märchen immer so, erinnerte sich Theo.

»Nein, ich will nichts von Ihnen«, lachte der Gast. »Trauen Sie sich?«

»Ich muss doch nicht dafür sterben?«, fragte Theo etwas unsicher.

Das Lachen des Mannes wurde zu einem Kreischen, und Theo schaute in das kleine runzlige Gesicht eines Äffchens, das vor ihm auf der Erde hockte und in eine Frucht biss, die er nicht kannte.

Es war sehr heiß, und Theo merkte, wie ihm der Schweiß den Rücken herunterlief.

Ob es hier etwas zu trinken gab?

Er stand auf und stapfte durch den weißen Sand zu dem weiß-rosa Gebäude mit der großen Terrasse.

Gleich kam ein Kellner in schwarzem Frack, machte eine einladende Bewegung zu einem kleinen Tisch und brachte Theo ein großes Glas mit einer grünlichen Flüssigkeit, in der Eiswürfel schwammen.

Ein bisschen süß, aber schön kalt, fand Theo und wunderte sich gleichzeitig, dass der Kellner offensichtlich nicht schwitzte.

»Wann gibt es Essen?«, fragte er ihn.

»In einer halben Stunde. Sie haben noch genügend Zeit, sich um-zuziehen.«

Theo wurde rot und sah an sich hinunter. Offensichtlich war es hier nicht üblich, in kurzer Hose und Schlappen zum Essen zu er-scheinen.

Er ging wie selbstverständlich zum Lift, fuhr in den siebten Stock und zog den Zimmerschlüssel aus seiner Hosentasche.

Das große, in Beige und Rosa gehaltene Zimmer war aufgeräumt und die weiße Bettdecke strammgezogen. Theo zwängte sich in den hellen Anzug, den er aus dem Schrank geholt hatte, und schaute sich in einem großen Spiegel an. Er überlegte, wann er sich zuletzt ganz gesehen hatte.

Sein Gesicht und die beginnende Glatze waren rot von der Sonne, und schon wieder stand ihm der Schweiß auf der Stirn. Ich sollte abnehmen, dachte Theo, als er auf seinen ausladenden Bauch sah.

Aber tolle Klamotten! Wenn ihn die Kumpels so sehen könnten. Bei dem Gedanken lachte er, schloss aber gleich wieder den Mund, als er im Spiegel seine schiefen Zähne sah, die vom Rauchen braun waren.

Im Speisesaal geleitete der Kellner ihn zu einem Tisch, an dem eine junge, hübsche Frau saß, die im freundlich zunickte. Theo wurde rot und wusste nicht, was er sagen sollte.

Die einzelnen Gänge des Menüs wurden zur Strapaze. Theo aß von allem, wenn auch mit Widerwillen, weil er meistens nicht wusste, was er auf dem Teller hatte.

Was hätte er jetzt für ein Jägerschnitzel gegeben! Aber er traute sich nicht, danach zu fragen.

Bier und Schnaps konnte er prima vertragen, aber der Sekt und Wein stiegen ihm schnell in den Kopf, und er merkte, wie es ihm noch heißer wurde.

»Sollen wir etwas frische Luft schnappen?«

Die junge Frau sah ihn fragend an und Theo stand gehorsam auf. Sie hakte ihn unter und führte ihn auf die Terrasse, wo er etwas zu sich kam. Dann drückte sie seine Hand und ihre Lippen näherten sich seinem Ohr. Theo roch ihr Parfüm und geriet in Panik.

Er dachte an seine harten, rissigen Hände, seinen dicken Bauch, seine schiefen Zähne und daran, dass er nicht wusste, worüber er reden sollte.

»Entschuldigen Sie bitte, ich bin müde«, stotterte er und stürzte in Richtung Aufzug.

In seinem Zimmer warf er sich im Anzug aufs Bett und stöhnte laut. Er wünschte sich sein weiches Bett mit der Kuhle in der Mitte und sein Plumeau und jemanden, der verstehen würde, was er sagte. Und dass er laut schnarchen durfte …

»Theo, wach auf, wir schließen!«

Käthe rüttelte ihren letzten Gast unwillig am Arm.

»Geh endlich nach Hause. Es ist nach zwei.«

Theo rutschte benommen vom Hocker und suchte nach seinem Portemonnaie.

»Lass nur bis zum nächsten Mal.«

Käthe schob ihn zur Tür und schaute ihm missbilligend nach.

Es war kaum jemand auf der Straße. Die Meisten werden ein Mittagsschläfchen machen oder einen Ausflug, dachte Theo.

Wann war er zuletzt mit Elsbeth aus gewesen?

Ihm fiel nur die Beerdigung von Onkel Heinz ein. Der war immerhin neunzig Jahre alt geworden, da konnte man nicht meckern. Elsbeth hatte sich fein gemacht und beim Kaffeetrinken viel gelacht. Komisch, dass ihm das erst jetzt auffiel.

Er schloss die Haustür auf und ging die Treppe hinauf. Leise öffnete er die Wohnungstür. Es roch nach Schweinebraten und Theo spürte seinen leeren Magen.

Der Küchentisch war leer. Neben dem Herd standen die Töpfe mit den Essensresten.

Er hob einen Deckel hoch.

»Es gibt nichts mehr«, hörte er hinter sich Elsbeths scharfe Stimme.

Er drehte sich um und sah sie an.

Er bemerkte ihre rot geränderten Augen und ihre schmalen Lippen und ihre Hände, auf denen dick und blau die Adern hervortraten und den Ehering, den sie nicht mehr abbekam.

»Entschuldige, dass ich so spät komme.«

Sie antwortete nicht.

Etwas unsicher geworden, fuhr er fort: »Sollen wir nicht heute Abend mal wieder in das Lokal am See fahren und ein Schnittchen essen? Weißt du noch, wie du früher immer gesagt hast, so stellst du dir das Paradies vor?«

Seine Frau sagte noch immer nichts, aber es kam ihm vor, als würde sie ein kleines bisschen lächeln. Und dann strich sie mit der Hand eine Haarsträhne, die gar nicht da war, aus dem Gesicht.

Christian Walber

Glücksbrunnen

Verschwinde, alter Mann! Ich habe kein Wasser für dich! Ich brauche das Wasser selber, denn meine Kinder wollen ernährt werden.«

Amontep zog davon. Schon den ganzen Morgen suchte er nach Wasser für seine trockene Kehle. Obwohl es erst früh am Tag war, stand die Sonne schon recht weit oben am Firmament. Die trockene und heiße Luft machte das Atmen schwer. Er trottete die staubigen Straßen zu seiner kleinen Hütte zurück. Sie lag etwas abseits der großen Stadt Kairo. Hier lebten viele Menschen, die nicht einmal genug Geld hatten, um ihre wichtigsten Grundbedürfnisse zu erfüllen. Seit Jahren versuchte Amontep den Stadtrat anzuflehen, ihm einen Brunnen in der Nähe seiner kleinen Hütte zu bauen. Doch bisher waren alle Bemühungen umsonst gewesen. Jeden Tag musste er um sein Überleben kämpfen.

Eines Tages war es dem Stadtrat leid.

»Amontep, wir sind dein Flehen leid geworden. Wir bauen dir einen Brunnen, doch nur wenn du das Loch selber gräbst. Hier sind einige ägyptische Pfund. Kaufe dir eine Schaufel dafür.«

Amontep nahm die paar Taler mit einer ehrwürdigen Verbeugung entgegen. Er bedankte sich viele Male und verließ das Zimmer des Stadtrates im Rückwärtsgang.

Er wusste, dass es schwer werden würde, da er schon gebrechlich war und sich vor knapp einem halben Jahr das Bein gebrochen hatte. Es ist seitdem nie richtig geheilt. Aber Amontep beabsichtigte nicht aufzugeben.

Es war Markttag in Kairo. Dort würde er sicherlich eine Schaufel erstehen können.

Ein riesiger Menschenauflauf hatte sich auf dem Marktplatz gebildet. Nicht nur Menschen aus Kairo kamen zum großen Wochenmarkt, auch Ausländer aus fernen Ländern. Wenn nicht sogar mehr Fremde als Einheimische, denn Ägypten lebt ausschließlich vom Tourismus.

Es dauerte fast eine halbe Stunde, bis Amontep einen Werkzeughändler gefunden hatte. Doch als er bezahlen wollte, da bemerkte er, dass ihm die 40 Pfund abhanden gekommen waren. Mit zitternden Händen durchsuchte er noch einmal alle Taschen seiner zerlumpten Kleidung, doch er wurde nicht fündig. Verzweifelt ging er den Weg zurück, den er gekommen war, und suchte den Boden ab. Doch in der Menschenmasse war es schon schwer voranzukommen, geschweige denn überhaupt ein paar Münzen auf den staubigen Straßen zu finden.

Sie mussten ihm gestohlen worden sein. Es war sinnlos. Er würde nie den Brunnen bekommen. Er müsste weiter um Wasser betteln.

Nein, er wollte dieses Mal nicht aufgeben; und wenn er das Loch für den Brunnen mit seinen dürren Händen graben musste. Er machte sich auf den Weg zu seiner Hütte.

Den ganzen Nachmittag verbrachte er damit, ein Loch in die Erde zu graben. Der lehmige Boden machte ihm das Vorankommen schwierig.

Erschöpft ließ er sich nach hinten fallen. Er war fast am Ende seiner Kräfte. Er würde es niemals schaffen. Es musste einen anderen Weg geben, dieses verdammte Loch zu graben.

»Amontep! Was machst du da? Du gräbst auf meinem Grundstück!«

Ein Mann mit grauem Haaransatz kam die Straße herunter. Ihm schien das etwas größere Haus neben Amonteps Hütte zu gehören. Er hatte eine Frau und eine Tochter; und Wasser konnte er sich auch leisten. Er scherte sich einen Dreck um Amontep. Amontep hatte Arcus, seinen Nachbarn, mehrfach um Wasser gebeten, aber er wurde immer wieder abgewiesen.

»Aber dein Grundstück kann doch nicht so groß sein. Ragt es etwa bis an meine Hütte heran?«

»Sicher, Amontep. Ich kann es dir sogar beweisen.«

Arcus ging kurz in sein Haus und kam kurze Zeit später mit einem Besen heraus. Er steuerte den angeblichen Grenzstein an, der sein Grundstück von dem Amonteps trennte.

Und tatsächlich kam, nachdem Arcus einige Zeit den Sand weggefegt hatte, ein Sandstein zum Vorschein, auf dem ein rotes Kreuz aufgezeichnet war.

»Siehst du, ich sage die Wahrheit. Und nun verschwinde von meinem Grundstück, sonst verständige ich die Stadtwache.«

Ganze drei Stunden umsonst gegraben. Der Schmerz pulsierte durch die Sehnen und Muskeln seiner Arme. Sie fühlten sich sehr schwer an. Er konnte sie kaum noch anheben.

Stöhnend schleppte er sich in seine Hütte. Es hatte keinen Sinn mehr, noch auf der anderen Seite seines Hauses mit dem Graben anzufangen. Nachdem die Sonne untergegangen ist, wird es sehr kalt. Und genau das würde in wenigen Augenblicken geschehen.

Er legte sich auf ein paar alte Kartons, die er vor einigen Tagen in der Nähe einer Müllhalde gefunden hatte, und schlief augenblicklich ein.

Am nächsten Morgen wachte er schweißgebadet auf. Er hatte schlecht geschlafen. Sein Magen schmerzte ungeheuerlich. Er brauchte unbedingt etwas zum Essen, oder wenigstens etwas Flüssiges. Mit Mühe schleppte er sich auf die Straße und ging zu einem hilfsbereiten Bekannten, der ihm ab und zu etwas Essen und Trinken gab.

»Es ist gut, wenn man weiß, dass man jemanden hat, der einem in misslichen Lagen hilft«, sagte Amontep zu sich selbst.

Er klopfte an die Tür des Hauses. Es war nicht sonderlich groß, aber man konnte erkennen, dass Remon einen guten Beruf ausübte, um dieses Haus zu unterhalten.

Remon öffnete die Tür und erschrak über Amonteps Anblick. Er sah unwahrscheinlich dünn und krank aus.

»Mein alter Freund, wie siehst du aus? Komm erst mal herein. Ich gebe dir eine gute Scheibe Brot und ein großes Glas Wasser. Dann können wir reden.«

»Vielen Dank.«

Amontep setzte sich mit Remon in die Küche. Er aß und trank, so viel er bekam. Er merkte, wie die Kraft in seine Glieder zurückkehrte. Er erzählte Remon alles, was am letzten Tag passiert war.

»Amontep, mein alter Freund. Ich kann dir helfen. Ich habe zufällig eine Schaufel. Ich werde sie dir überlassen. Ich hoffe, du schaffst es, dieses Loch zu graben.«

Er bedankte sich viele Male bei Remon, doch dann machte er sich auf den Weg. Er wollte schließlich noch ein Loch graben.

Er entschied sich, auf der anderen Seite seines Hauses zu graben. Dort war der Boden zwar viel sandiger, doch es war sein Grundstück. Es war unbefriedigend zu sehen, wie der Sand immer wieder ins Loch rieselte.

Nach einer guten Stunde machte er eine Pause. Er stand an dem kleinen Loch, das er ausgehoben hatte, und atmete schwer. Das würde noch Tage dauern, doch er war schon jetzt zu ausgelaugt, um weiterzumachen. Er sah hinab ins Loch.

»Was zum …?«

Der Sand verschwand einfach am Grund des Loches. Es sah wie ein Trichter aus, der unten eine Öffnung hatte, in dem alles verschwand. Er nahm einen Stein und warf ihn in den Sand. Auch er verschwand. Es muss Treibsand sein, dachte Amontep.

Er stand dicht am Loch und stieß die Spitze der Schaufel neben sich in die Erde, um erst einmal zu überlegen, was er nun machen sollte. Er war verzweifelt.

Amontep kam aber nicht mehr dazu, nachzudenken, was er nun machen sollte. Der Trichter vergrößerte sich zusehends, nachdem er die Schaufel in den Sand gestoßen hatte. Er fiel hinein.

Schreiend rief er nach Hilfe, doch niemand hörte ihn – oder wollte ihn hören. Er versuchte sich noch irgendwo festzuhalten; es war so, als fiele er in einen Abgrund. Augenblicklich hatte ihn der Sand verschluckt. Er war verloren. Jetzt war sein elendiges Leben endlich vorbei.

Doch es kam anders, als Amontep dachte. Er landete unsanft in einer unterirdischen Höhle. Die Luft war dünn und uralt. Es war dunkel und staubig. Sand rieselte auf seinen Kopf. Er hustete und versuchte zu verstehen, was gerade passiert war. Dies musste eine unentdeckte Höhle sein, doch der Boden fühlte sich an, als wäre er künstlich angelegt worden.

»Eine Grabkammer!«, sagte Amontep überrascht.

Er tastete den Boden ab. Seine Finger berührten etwas Dünnes, das sich glatt anfühlte. Es war länglich. Es war seine Schaufel! Sie musste mit ihm in die Grabkammer gezogen worden sein. Er richtete sich auf. Da er nichts sehen konnte, tastete er mit seiner Schaufel die Decke ab. Immer noch hörte er, wie Sand auf den Boden rieselte. Vielleicht konnte er mit der Schaufel das Loch erweitern und um Hilfe rufen.

Die Decke war nicht besonders hoch, sodass er mit der Schaufel gegen sie schlagen und auf sie einstechen konnte. Immer mehr Sand fiel in die Grabkammer und plötzlich sah er Tageslicht. Ein gleißender Strahl fiel in die Kammer und brach sich an der staubigen Luft. Jetzt endlich konnte er die Kammer sehen, in der er gelandet war.

Sie war nicht groß. In ihr befanden sich ein Sarkophag und viele Kisten, Krüge und andere Behälter. Er entschloss sich, erst einmal die ganzen Kisten und Krüge zu durchsuchen. Schließlich befanden sich diese Sachen auf seinem Grundstück und somit gehörten sie ihm. Die Leiche im Sarg könnte ruhig ein Museum haben.

Er hielt den Atem an, und sein Herz rutschte ihm in die Hose, als er in die erste Kiste sah. Sie war bis obenhin mit goldenem Schmuck gefüllt. Hastig sah er auch in den anderen Behältern nach. Überall waren wertvoller Schmuck, alte Münzen und alte Wertgegenstände in den Kisten. Er konnte es nicht fassen.

»Amontep? Bist du dort unten?« Es war die Stimme von Remon.

»Remon. Hol mich heraus. Ich habe etwas gefunden«, sprach Amontep hastig.

Kurze Zeit später fiel ein Seil in die Grabkammer und Remon kletterte hinunter. Er staunte nicht schlecht, als er Amontep mit all dem Schmuck in den Händen sah.

»Amontep, mein alter Freund, da hattest du wohl mehr Glück als alles andere. Du bist ein reicher Mann. Und dabei wollte ich nur schauen, wie weit du mit deinem Loch bist.«

Amontep und Remon verbrachten die nächsten Tage damit, die ganzen Schätze aus der Grabkammer zu schaffen und diese an ein Museum zu verkaufen. Amontep gab Remon von dem Geld einiges ab, weil er die ganzen Jahre für ihn da gewesen war.

Er kaufte sich ein neues Grundstück und eröffnete ein großes Hotel mit einer breiten Veranda. Dort saß er oft und dachte über die Zeit nach, in der er vom Pech verfolgt war. Er musste immer wieder über Arcus grinsen. Hätte er ihn nicht von seinem Grundstück verjagt, so hätte er heute wahrscheinlich nur einen kleinen Brunnen.

Inez Corbi

Von Herzen

Ich kann den Himmel berühren«, murmelte Rebecca mit ausgestrecktem Arm.

Einen Himmel wie auf dem Gemälde eines alten Meisters, mit Farben, die kein irdischer Himmel je hätte schaffen können; blutrote Wolkenberge, schwarz gerändert vor einem zimtfarbenen Firmament. Keine Sonne. Hier gab es keine Sonne.

Marcs Hand schloss sich um Rebeccas Finger. Sie ließ den Arm sinken und legte den Kopf an seine Brust, lauschte selbstvergessen dem Schlagen seines Herzens, kräftig und gleichmäßig wie ein Uhrwerk. Die Zeit gerann, hielt inne in einem perfekten Moment der Ewigkeit.

Wasser schwappte in winzigen Wellen ans Ufer des dunklen, breiten Flusses. Sie war schon oft hier gewesen. An diesem seltsamen Ort, wo sich die Liebenden aller Zeiten wiederfanden, erinnerte sie sich erneut. Erinnerte sich an den ewigen Kreislauf von Werden und Vergehen, Sterben und Wiedergeburt. Und an ihn – Geliebter, Freund, Gefährte so vieler vergangener Leben.

Nebel kräuselte sich über dem Fluss. Ein leises Wogen im Schilf, ein Plätschern, als ein Kahn anlegte, ein Stab aus dem Wasser gezogen wurde.

In Marcs Blick spiegelte sich Wehmut. »Es ist an der Zeit.«

»Warum kann ich nicht mit dir kommen?«, fragte Rebecca bekümmert.

Marc wies mit dem Kopf auf die schemenhafte Gestalt des Fährmanns; eine stumme Mahnung an die Säumigen. »Er nimmt nur einen von uns mit.«

»Aber ich will nicht wieder zurück. Nicht ohne dich!«

»Ich werde immer bei dir sein. Mein Herz gehört dir, das weißt du.«

»Werde ich mich an dich erinnern?«

Marc sah sie traurig an, in seinen Augen glitzerte Abschied. »Geh jetzt. Und sieh nicht zurück!«

Er küsste sie ein letztes Mal, dann ging er dem Fährmann entgegen.

Sie trieb empor wie aus tiefem, dunklem Wasser. Je mehr Rebecca sich der Oberfläche näherte, desto klarer wurden Formen, Geräusche, Gerüche. Das Piepsen von Apparaten, der Geruch nach Desinfektionsmittel, ein ziehender Schmerz in ihrer Brust.

»Sehen Sie nur, Schwester, sie ist aufgewacht!« Eine Stimme, gedämpft durch einen Mundschutz. Ihre Mutter, die schon so oft an ihrem Bett gewacht hatte. »Nein, du solltest noch nicht sprechen, Becca. Es war eine schwere Operation. Aber jetzt wird alles wieder gut.«

Rebecca hob schwerfällig den Arm. Eine Kanüle steckte in ihrem Handrücken, Schläuche führten von ihr fort. Eine Krankenschwester überprüfte eine Infusion.

»Du hast unglaubliches Glück gehabt, Becca«, sagte ihre Mutter und strich ihr zärtlich über die Wange. »Die Ärzte hatten dich schon aufgegeben. Aber dann hat sich in letzter Sekunde ein passender Spender gefunden.«

»Ein … Spender?«, hauchte Rebecca mit wunder Kehle.

»Ein junger Mann, Motorradunfall. Die Ärzte haben ihn nicht retten können. Ich wollte seinen Namen wissen, aber sie sagen ihn mir nicht.«

Rebecca schloss die Augen und ließ die Hand auf ihren Brustkorb sinken. Dort, unter einer Schicht von Mull und Pflastern, konnte sie deutlich ihr neues Herz schlagen fühlen: badam, badam, badam. Stark und gesund, so gleichmäßig wie ein Uhrwerk.

Mein Herz gehört dir. Ich werde immer bei dir sein.

»Marc«, flüsterte sie, während eine brennende Träne über ihr Gesicht lief. »Er hieß Marc.«

Nikola Tasarek

Fang an zu beten!

Als sie bei St. Annen auf die Bahn wartete, fingen die Glocken an zu läuten. Dumpf und machtvoll hallten sie die Straße rauf und runter, und wenn man so nah stand wie sie, hatte man das Gefühl, das der ganze Körper mitvibrierte.

Als sie in die Bahn einstieg und ihre Reise begann, war es fünf nach zwölf, und die Glocken verstummten.

Sie fand einen Fensterplatz und setzte sich in die letzten Strahlen der Sonne, bevor die Bahn gleich einige Straßenecken weiter in den dunklen Tunnel einfuhr, der in die Tiefe und unter die Erde führte, wo sie den Rest der Reise bleiben würde.

Einen Moment lang wurde es dunkel, bevor die Lichter im Gang angingen. Sie starrte weiter aus dem Fenster, wo jetzt vor dem dunklen Hintergrund der Betonmauer der Untergrundröhre ihr eigenes Gesicht zurückstarrte. Bleich, die wenigen glatten dunklen Haare strähnig am langen schmalen Kopf, stierte es sie aus Augen, die tief in den Höhlen lagen, düster an. Sie hatte sich nie besonders schön gefunden, aber jetzt fand sie, hatte sie das Aussehen, das sie verdiente und zu ihrer Lage passte.

Die nächste Haltesstelle war St. Ursula. Ihre Schule. Sie holte tief Luft und senkte den Blick, als sie die vielen jungen Mädchen sah, die auf dem Bahnsteig standen und sich unterhielten. Sie hörte ihr Lachen durch die Glasscheibe und erinnerte sich, wie es gewesen war, als sie dabei war. Wie viel Spaß sie gehabt hatten. Nur selten hatte es Streitigkeiten gegeben. Keine Konkurrenz. Kein Stress wegen Klamotten oder Kosmetik. Keine Jungs.

Sie hatte nichts vermisst. Sie hatte gewusst, was sie wollte. Erst mal im Sommer das Abi, dann das Theologiestudium. Und dann mal sehen, was sie als Frau in der Kirche erreichen konnte. Später sicher eine Familie. Wenn sie ihn erst einmal gefunden hatte, den Richtigen, für den sie sich natürlich aufsparen würde.

Die Bahn fuhr wieder an und ließ die lachenden Stimmen wie eine Erinnerung im dumpfen Grollen der anfahrenden Bahn hinter sich.

Einige Stationen später kam »Marienstraße«. Hier waren sie damals mit der ganzen Klasse ausgestiegen. Zu diesem tollen Schulprojekt, das ihre Lehrerin, Schwester Kathrin, ihre »großartige Idee zum Osterfest« genannt hatte. Jede von ihnen hatte ihre Gedanken zur Kreuzigung und Auferstehung niedergeschrieben. Dann hatten sie ihre Aufsätze vorlesen müssen, vor einem ganzen Pulk voll Jungs. Nicht irgendwelchen Jungs, sondern »verlorenen Seelen«, wie Schwester Kathrin sie genannt hatte. »Verlorenen Seelen, denen wir helfen wollen, ihren Glauben wiederzufinden«.

Sie erinnerte sich, wie die Jungen der JVA auf ihren Stühlen gehangen hatten, wie alle nach vorne gestarrt, sie taxiert hatten mit brennenden Blicken, als sie nach vorne ging, um ihren Aufsatz vorzutragen. Die Hitze war ihr flammend ins Gesicht gestiegen, als sie mit angestrengtem Blick auf ihre Notizen gesehen hatte. Sie hatte ihren eigenen Text nicht mehr verstehen können und nur einzelne Wörter waren deutlich in ihr Gehirn gedrungen:

»Für uns gestorben« – »Liebe deinen Nächsten« – »Sünde« – »Vergebung«. Der Sinn war hinter einem Nebelschleier verborgen geblieben. Sie war unfähig gewesen, den Mund zu öffnen. Und als irgendwie alle Zettel zu Boden gefallen waren, konnte sie sich nicht rühren, um sie aufzuheben.

Als sie schließlich nach unten geblickt hatte, sah sie in ein Paar tiefblaue Augen. Augen, die sie anlächelten. Augen, die näher und näher kamen, als die zugehörige Person sich aufrichtete und ihr die Zettel entgegenstreckte. Ein Mund, der sich dann öffnete und mit sanfter Stimme sagte: »Nur Mut, Schätzchen, wir beißen nicht. Die Wärter passen auf uns auf!«

Dann hatte er sich umgedreht und wieder seinen Platz in der ersten Reihe eingenommen. Er war groß, sehr groß. Die blonden zerzausten

Haare standen ihm ungebändigt am Kopf, sodass sie keinen Zentimeter seines wunderschönen Gesichtes verdeckten. Er sah sie wieder an und sie hatte das Gefühl in diese Augen zu fallen. Er lächelte ihr noch einmal zu und sie lächelte zurück. Dann hatte sie erst leise, dann lauter werdend zu lesen begonnen.

Später hatte es noch Kaffee und Kekse gegeben mit der Möglichkeit zum »freien Gespräch«, und Schwester Kathrin war im Saal umhergegangen, um dafür zu sorgen, dass die Gespräche nicht zu frei wurden.

Sie hatte in der Ecke gestanden, eine Tasse Kaffee in der Hand, und gewartet, dass die vorgesehene Stunde zu Ende gehen würde. Gewartet, dass man sie alle wieder zusammentrommelte und sie zurückfahren würden.

Plötzlich waren die Augen wieder in ihr Gesichtsfeld gekommen. Tauchten aus dem Nichts auf und wurden wieder größer und größer.

»Hi!«, sagte er. »Na, warst wohl tierisch aufgeregt vorhin, was?«

Sie hatte sich hilfesuchend nach Schwester Kathrin umgesehen, aber die war am anderen Ende des Raumes.

Er hatte nach ihrer Hand gegriffen, und sie spürte, dass er einen kleinen Fetzen Papier hineinlegte, bevor sie die Wärme seiner Hand wieder verließ.

»Schnell«, hatte er ihr zugeraunt. »Euer Oberpinguin findet das bestimmt nicht gut! Karfreitag habe ich Ausgang. Ruf dann hier an, ich muss dich unbedingt wiedersehen!«

Dann hatten sich die Augen wieder zurückgezogen.

Den Rest der Woche hatte sie in einer Art Trance verbracht und hin und her gegrübelt, was sie tun sollte. Einmal wollte sie den Zettel einfach wegwerfen. Dann wieder Schwester Kathrin um Rat fragen.

Am Donnerstag schließlich hatte sie ihre eigenen Gedanken albern gefunden. Wahrscheinlich wollte er nur mit ihr über ihren Aufsatz sprechen. Schließlich hatte Schwester Kathrin ja gewollt, dass man diesen Menschen half, zu ihrem Glauben zurückzukehren. Jeder verdiente eine Chance. Und nicht jeder in der JVA hatte einen Mord begangen. Und nicht jeder wollte von Frauen nur das Eine. Nicht jeder.

Freitagvormittag hatte sie angerufen.

An der nächsten Haltestelle stiegen viele Menschen mit Blumensträußen aus. Hier war das städtische Krankenhaus. Sie überlegte, welche Blumen sie am liebsten bekommen würde und entschied sich für Nelken und Schleierkraut.

Noch vier Stationen bis zu Dr. Hiob.

Ihr Herz schlug schneller, als sie am Stadtpark hielten. »Garten Eden« hatte er dazu gesagt, als sie sich im hinteren Teil des Parks zwischen den hohen Bäumen am alten Pavillon getroffen hatten.

Er war so lieb gewesen, hatte ihre Unsicherheit verstanden. Hatte ihr zugehört, als sie von ihrem Glauben sprach. Später hatten sie über Nächstenliebe und Vertrauen geredet. Er hatte von seiner harten Jugend erzählt und wieso er fast automatisch begonnen hatte, Drogen zu verkaufen. Er musste ja von etwas leben.

Es war warm gewesen. Viel wärmer als sonst zu dieser Jahreszeit. Die Vögel sangen. Die Blumen blühten, und es war wie im Film gewesen. Frühling lag in der Luft.

Als er sie zu sich heranzog und die Augen wieder näher kamen, und als er sie fragte, ob sie an das Gute im Menschen glaube, ob sie jemand sei, der Menschen zu einer zweiten Chance im Leben verhelfe, ob sie ihm auch vertrauen würde, so wie er ihr, ob sie ihm zu einem kleinen bisschen Glück in seinem so miesen Leben verhelfen würde, damit er seinen Glauben wieder finden könne, da, ja da gab sie sich ihm hin, und sie war sicher gewesen, dass sie das Richtige tat.

Nachdem sie sich verabschiedet hatten, ging sie wie auf Wolken nach Hause. Sie hatte die düstere U-Bahn vermieden und lief im warmen Licht der untergehenden Sonne nach Hause. Viele Menschen waren noch auf der Straße gewesen. Sie lachten ihr zu und sie lachte zurück. Als sie den Marktplatz überquerte, spielte gerade das historische Glockenspiel am Rathaus mit seinen sich im Kreise drehenden lustigen Figuren. Sie sah ihnen amüsiert zu und beobachtete, wie der Narr und der Teufel um einen Apfelbaum herumtanzten.

Dann war sie weitergegangen. Sie hatte sich noch eine kleine Flasche Sekt und ihre Lieblingspizza gekauft und sich dann auf einen gemütlichen Abend zu Hause gefreut.

»Ist hier noch frei?«

Sie schreckte aus ihren Gedanken auf. Eine Frau deutete auf den Sitz neben ihr. Während sie mechanisch nickte zog sie ihren Rucksack vom Platz neben sich. Dann starrte sie erneut aus dem Fenster.

An der nächsten Station musste sie aussteigen. Sie ließ sich durch die Masse der anderen Fahrgäste aus der Bahn drängen. Die Rolltreppe trug sie nach oben, wo sie sich vom Strom der Menschen bis zur Praxis auf der anderen Straßenseite treiben ließ.

In der Praxis war es sehr still. Sie bemerkte, dass die Arzthelferin sie nicht ansah, als sie sie bat, im Wartezimmer Platz zu nehmen.

Wieder saß sie am Fenster und starrte hinaus. Starrte hinaus auf einen Balkon mit tiefroten Tulpen im Balkonkasten. Tiefrot wie die bekannte symbolische Schleife zum Anstecken, die sie in einem Umschlag vorgefunden hatte, als sie mit ihrem Sekt und der Pizza an jenem Abend nach Hause gekommen war. Tiefrot wie die Farbe, in der die Nachricht geschrieben war, die er schon abgeschickt haben musste, bevor sie sich getroffen hatten: »Willkommen im Club! Fang an zu beten, Schätzchen! Vielleicht verschont dein Gott dich ja!«

Sie hatte seitdem nicht mehr gebetet. Sie konnte unmöglich die Hände falten und Ihm alles erzählen. Schon der Gedanke trieb ihr die Schamesröte ins Gesicht.

Sie hatte mit niemandem gesprochen. Sie hatte nur überlegt, wo sie hingehen sollte mit ihrer Krankheit. Wo sich verstecken. Wie ihre Flucht erklären. Wie sich verhalten, damit auch ja niemand ihre Unruhe spüren würde. Nach jedem Toilettengang zu Hause, desinfizierte sie alles hinterher, weil sie Angst um ihre Mutter hatte, mit der sie zusammenwohnte. Nicht auszudenken, wenn ihre Mutter infiziert würde und fragte, wo das Virus herkäme.

Jetzt bat die Arzthelferin sie ins Sprechzimmer. Als dann der Arzt hereinkam und er ihr strahlend zur Begrüßung ein »Negativ!« entgegenschleuderte, wurde ihr schlecht und sie musste sich übergeben.

Draußen auf der Straße stand sie dann alleine im Sonnenlicht. Sie blickte die Straße hinunter nach links und rechts. Sah die Menschen, die vorbeizogen, und überlegte, in welche Richtung sie jetzt gehen sollte. Dann wand sie sich nach links Richtung Domplatz.

Harald Grieb

Tor

Mein etwa sechzigjähriger Vater stand im Tor, das heißt, er stand unter der hellgrün gestrichenen Teppichstange, die er aus zwei Seitenrohren und einer Querstange zusammengeschweißt und im Hof hinterm Haus fest im Erdboden verankert hatte. Meinem Vater gegenüber stand der etwa sechsjährige Junge der griechischen Familie, die im Haus meiner Eltern als Untermieter wohnte. Der Junge hatte sich, nur wenige Meter von der Teppichstange entfernt, den Ball zurechtgelegt und wollte nun meinen Vater als Elfmeterschütze prüfen, obwohl der Abstand zum Tor höchstens fünfeinhalb Meter betrug. Mein Vater hatte sich seinen breitkrempigen grauen Hut mit dem schwarzen Hutband kühn in den Nacken geschoben und stand jetzt, mit leicht angewinkelten und gespreizten Beinen, etwas nach vorne gebeugt im Tor und ließ seine Arme vor der Arbeitsschürze schlenkern, wobei seine ganze Haltung trotz des gewaltigen, aber im Augenblick wie weggewischten Altersunterschieds zwischen den beiden Sich-Prüfenden die so genannte Angst des Tormanns beim Elfmeter in vollkommen gespielter Ernsthaftigkeit verkörperte. Der Junge hatte mittlerweile einen Anlauf genommen, der mindestens doppelt so lang war wie der Abstand zwischen Tor und Ball. Und dann trat er zu! Aber irgendwie hatte er mit seinem rechten Fuß nicht richtig getroffen, sodass die Wucht seines Stoßes viel mehr dem fest getretenen Erdreich als dem billigen, schwarz-weiß gepunkteten Plastikball galt, der mit geradezu provozierender Langsamkeit in einer fast zeitlupenhaften Bewegung, die jeden Augenblick in sich selbst zu erstarren drohte, genau auf meinen Vater zurollte, der sich seinerseits noch mehr nach vorne gebeugt und seine Hände nach dem so unendlich langsam näher kommenden Ball ausgestreckt hatte. Als sich der Ball genau zwischen seinen Füßen befand und dort endgültig zum Stillstand zu kommen drohte, griff mein Vater zu und – scheinbar unabsichtlich – daneben, sodass der Ball unter seinen Händen wegrutschte und mit der Dynamik, die ihm der Fehlgriff verliehen hatte, zwischen seinen Beinen hindurch- und über die imaginäre Torlinie, die die beiden Seitenpfosten der Teppichstange markierten, hinwegrollte.

TOR!!!

Der Junge stieß ein triumphierendes Indianergeheul aus, stampfte rhythmisch, dennoch ungebärdig wie ein entfesseltes Rumpelstilzchen mit seinen kurzen Beinen auf den Boden und ballte seine rechte Hand, den angewinkelten Unterarm steil nach oben gereckt, zur Faust wie ein Großer. In seinen Augen glänzte der Jubel wie sonst nur bei irgendeinem Weltklassespieler, der in einem Endspiel das entscheidende Tor geschossen hatte.

»Aber fast«, sagte mein Vater, der sich mühsam wieder aufgerichtet hatte, »fast hätte ich ihn gekriegt.«

Ida Todisco

Piccolo Paradiso

Antonia parkte den Wagen auf einem der wenigen noch schattigen Parkplätze am Hauptfriedhof. Bevor wir ausstiegen, sagte sie: »So bleibt das Auto bei der Hitze noch eine Zeit lang kühl. Nach der Beerdigung fahren wir dann direkt auf die A5, und wenn alles gut läuft, sind wir zum Abendessen in Mailand!«

Antonia und ich kannten uns erst wenige Monate. Wir waren uns mehrmals auf der Bertramwiese beim Spazierengehen begegnet, und einmal sah ich, wie sie in der riesigen Eingangstür des Hessischen Rundfunks verschwand. Genau in diesem Bereich trieb ich mich in den nächsten Wochen beim Spazierengehen mit meinem Hund herum oder schaute mir zum siebten oder achten Mal die Dauerausstellung zur Geschichte des Rundfunks im Foyer des Hauses an. Dabei entdeckte ich durch Zufall in einem ausliegenden Prospekt ein Bild von ihr: Antonia Dietz. Leitende Redakteurin des Auslandsjournals »Willkommen in Hessen«. Antonia behauptet, wir hätten uns letztlich nur deshalb kennen gelernt, weil sie sich – im Gegensatz zu mir – getraut hätte, mich auch anzuschauen. Was ich kaum oder gar nicht getan hätte. Antonia behauptet, ich hätte beim Reden vor allem auf meine Wildlederschuhe, meinen Hund oder über ihre Schulter hinweggeschaut. Ich war mit Antonias Version unseres Kennenlernens einverstanden. Ich war schlimm verknallt in sie, und sie hätte auch erzählen können, dass wir uns kennen lernten, weil ich ihr im Park das Fahrrad klauen wollte. Allein, dass wir jetzt zusammen waren. Genau in der Woche, in der wir richtig zusammenkamen, öffneten in Frankfurt die ersten Eisdielen, darunter auch meine Lieblingseisdiele mit der Clematis neben der Eingangstür. Dort schrieb ich beim Eisessen Folgendes in mein kleines blaues Notizheft:

1. *Wenn nach dem Winter, Ende März, die ersten Eisdielen wieder öffnen, wie einem das gut tut, einfach so.*

2. Ich habe mich verliebt!
3. Ich werde nicht zu Martinas 40. Geburtstag gehen.

Wir standen wartend vor dem Kofferraum, in dem sich mehrere Kilo Süßigkeiten befanden, die es so oder so günstig in Italien nicht zu kaufen gab. Der eigentliche Anlass für unsere Reise war, dass Antonia etwas für ihren Radiobericht recherchieren musste und mir vorschlug, doch einfach mitzukommen und ihre Patentante zu besuchen. Wir könnten in deren kleiner Osteria – im »Piccolo Paradiso« – übernachten. Drei Tage vor unserer geplanten Abfahrt starb unerwartet eine Großtante mütterlicherseits. Antonia lag viel daran, an der Beerdigung teilzunehmen. Sie hatte über die Hälfte ihrer ewiglangen Kindersommer bei der Großtante auf dem Land verbracht. Daher verlegte sie den Termin mit der Mailänder Künstlerin aufs Wochenende, und wir beschlossen, direkt nach der Beerdigung loszufahren.

Wir warteten im Schatten der Bäume auf die anderen Beerdigungsgäste. Antonia betrachtete eingehend die am Boden liegende Rinde der Platanen, die ockerfarben, hellgrün oder silbergrau war.

»Schau mal, wie weich sich die Oberfläche anfühlt, fast samtig«, sagte sie und reichte mir ein Rindenstück. »Die schälen sich jeden Sommer, das ist der einzige Baum, der das so macht. Sieht aus wie die Häutung bei einem Tier oder so.«

Ich wollte gerade etwas erwidern, als Antonia zur Einfahrt des Parkplatzes deutete: »Da kommen mein Schwager und meine Schwester.«

Ich war sehr gespannt. Außer Antonias Eltern, ihrem Großvater und ihrer Schwester hatte ich noch niemand aus ihrer Familie kennen gelernt. Von ihrem Schwager wusste ich, dass er ein selbstgefälliger Typ war. Bevor Tina, Antonias Schwester, aus dem Wagen stieg, klappte sie noch kurz den Sonnenschutz mit dem Spiegel auf, um ihren Blusenkragen zu richten und den Lippenstift nachzuziehen. Ich bekam mit, wie Antonias Schwager die Kinder von der Rückbank scheuchte und leise-gepresst nörgelte: »Eine Beerdigung ist keine Modenschau! Und die Kinder hätten wir besser auch zu Hause lassen sollen.«

An der Art, wie Tina in aller Ruhe ihren Lippenstift zu Ende zog und danach vorm Auto ihren Kindern zärtlich über das Haar strich, glaubte ich zu erkennen, dass Antonia recht hatte, wenn sie behauptete, es sei nur eine Frage der Zeit, bis ihre Schwester ihn verlassen würde.

Vorm Hauptportal des Friedhofs entdeckte ich Antonias Eltern mit ihrem Großvater. Antonias Großvater schob seine Gehhilfe, einen Rollwagen, zwischen dessen Griffen eine schwarze Sitzbank befestigt war, vor sich her. Ich nahm mir vor, am Abend Folgendes in mein kleines blaues Notizheft zu schreiben:

1. *Antonias Schwager ist viel ignoranter, als man es sich vorstellen kann.*
2. *Im Frühsommer schälen sich die Rinden der Platanen. Ockergrün-graue Häutungen.*
3. *Ich möchte immer für Antonia da sein, wenn sie mich braucht.*

Die Trauerhalle war etwa halb voll. Auf dem einfachen Holzsarg lag ein buntes Blumenbukett aus Sommerblumen.

»Die meisten davon wachsen auch im Garten meiner Großtante«, erklärte mir Antonia, die mit ihrer Mutter das Bukett ausgesucht hatte.

Die Orgel begann zu spielen, der Sarg wurde mit Wasser geweiht, und wir alle liefen hinter dem Priester und dem Sargwagen zum Grab hinaus. Antonia stand ganz vorne neben ihrem Großvater. Ihr Großvater hatte seinen Rollwagen mit den Griffen nach hinten gedreht, die beiden Handbremsen angezogen und sich auf die Sitzbank gesetzt. Er trug seinen schwarzen Beerdigungsanzug, in dem er fast untertauchte, in dem er irgendwann ganz verschwinden würde, dachte ich. Ich betrachtete ihn. Seine pergamentartige Haut, sein dünner, sehnig-faltiger Hals, der in einem viel zu großen Hemdkragen steckte, sein noch markantes, holzgeschnitztes Gesicht, seine dunklen Augen, die wach in tiefen Höhlen lagen. Wie eine Echse schaute er in seine Umgebung. Als die Sargträger den Sarg langsam in das Grab hinunterließen, hörte ich, wie Antonias Mutter zu schluchzen begann. Ihr Großvater hielt ein großes Stofftaschentuch in den Händen, mit dem er sich schnäuzte und dabei die Echsentränen wegwischte. Ich schaute zu Antonia auf, die mit ihrer rechten Hand zart die Schulter ihres Großvaters berührte, starr auf das offene Grab blickte und dabei traurig und etwas wütend aussah.

Wir begleiteten ihren Großvater noch zum gegenüberliegenden Café, in dem Tische mit Kaffeetassen und Kuchen für die Trauergesellschaft vorbereitet waren. Wir verabschiedeten uns. Ihren Großvater umarmte Antonia lange, vielleicht machte sie das immer so, vielleicht lag es aber auch an dem Abschied auf der anderen Straßenseite. An den bunten Sommerblumen und den hundert damit verbundenen Kindersommer-Geschichten.

Wir liefen zum Parkplatz. Antonia startete, gab Gas und nahm den kürzesten Weg zur Autobahn. Sie wollte fahren, obwohl ich sah, dass ihr immer wieder Tränen über die Wangen liefen.

Ungefähr in der Mitte des Gotthard-Tunnels kam es zu einem Stau. Ein Hund war aus dem halb geöffneten Fenster eines Campingwagens gesprungen und irrte, nachdem er einen Auffahrunfall verursacht hatte, ziellos umher. Ich nahm eine der Zeitschriften von der Rückbank und las unsere Horoskope vor. Antonia öffnete die Kühltasche und holte ihre Lieblingsschokolade heraus. Als sie die Hälfte davon gegessen hatte, sagte sie mit Schokoladenresten an den Zähnen:

»Ich weiß, was wir jetzt machen! Wir spielen mein Kinder-Autobahnspiel! Ich habe das früher, wenn wir zu unseren Verwandten nach Italien gefahren sind, stundenlang mit meiner Mutter gespielt. Hast du Lust?«

»Klar, schieß los!«

»Also, das Spiel heißt Grüne Gurke. Ich nenne dir ein Adjektiv, zum Beispiel toll, sauber oder grün, und du musst dann ein Substantiv finden, das mit dem gleichen Buchstaben anfängt. Das Ganze muss aber auch einen Sinn ergeben, verstehst du?«

Ich schlug Antonia mit der flachen Hand zart auf den Hinterkopf und sagte lächelnd: »Ich glaube, ich kann dir grad noch folgen.«

»Das hört sich leichter an, als man denkt«, erwiderte Antonia und verteidigte ihr Kinder-Autobahnspiel ernst.

»O. k., du fängst an!«

»Blau«, begann ich, weil ich blau sehr mag.

»Blauer Ball!«, antwortete Antonia total schnell, als würden wir auf Zeit spielen.

»Voll«, sagte Antonia und grinste dabei. Ich hatte das Gefühl, dass sie extra einen schweren Buchstaben ausgesucht hatte.

Ich musste eine Zeit lang überlegen und sagte dann einfach blöd zurückgrinsend: »Voll verliebt«.

»Das zählt nicht!«, warf Antonia sofort ein und bot mir dann großzügig ein leichteres Adjektiv an – groß.

»Große Gläser«, versuchte ich nun ebenso schnell wie Antonia zu antworten.

»Klein.«

»Kleine Kaninchen.«

»Nackt.«

»Nackte Nonnen.«

»Piccolo.«

»Piccolo Paradiso.«

Nachdem wir etwa eine halbe Stunde lang Grüne Gurke gespielt hatten, fing der Stau langsam an sich aufzulösen. Ich war von dem Spiel infiziert und suchte nach einem passenden Adjektiv zu Stau, fand aber keines. Wir fuhren über Farbtestfelder, an einem Wasserkraftwerk und einem kleinen Rasthof vorbei.

»An diesem Rasthof habe ich als Kind mein Lieblingsarmband verloren«, sagte Antonia und erzählte mir die Geschichte. Ich schaute aus dem Fenster und dachte, das ist jetzt ein weiterer Teil von ihrem Leben, dachte, wie schön und spannend es ist, sich kennen zu lernen, sich dieses riesige Reich zu eröffnen und anzuvertrauen. Wir kannten uns erst einige Wochen, aber ich wusste jetzt zum Beispiel, was für einen Bravo-Starschnitt Antonia jahrelang in ihrem Jugendzimmer hängen hatte, ABBA. Ich kannte jetzt das Grüne-Gurken-Spiel und die Lieblingsblumen ihrer Großtante. Ich wusste, dass sie als Kind Stockabzeichen sammelte und dass sie Bücher genauso liebte wie ich, aber viel schneller lesen konnte. Und ich kenne die Geschichte ihre Narbe auf dem Handrücken. Wenn mich in diesem Moment, so neben Antonia im Auto sitzend, jemand gefragt hätte, wie es mir geht, dann hätte ich geantwortet: glücklich! Auch wenn das grammatikalisch nicht korrekt gewesen wäre.

Ich wurde müde. Kurz, bevor ich einschlief, nahm ich mir vor, am Abend in Mailand Folgendes in mein kleines blaues Notizheft zu schreiben:

1. *Das Grüne-Gurken-Spiel ist gar nicht so leicht, wie man denkt!*
2. *Ich möchte immer respektvoll mit Antonias Geschichten umgehen!*
3. *Ich bin glücklich!*

Kerstin Döring

»Mach mir warm!«

Stichwort?«, fragt die Freundin durch die Gegensprechanlage. Ihre Stimme hört sich fern und knisternd an, als wäre sie von Außerirdischen entführt.

»Rhabarberbrause«, sage ich.

»Gut«, sagt die Freundin, »reinkommen.«

Als ich die Treppenstufen hochkomme, steht die Freundin im Türrahmen, eine Mütze auf dem Kopf und in jeder Hand eine weitere, die sie weit ausgestreckt von sich weg hält. Ich schüttle den Kopf.

Kurz darauf stehen wir vor ihrem Schrank, in dem sie mit einer Hand herumwühlt; eine Ladung gehäkelter, gestrickter, samtener Mützen fällt wasserfallartig zu Boden. Ich sage der Freundin, dass ich für den heutigen Abend eine Mütze für sie auswählen werde: eine aus Fleece, in der die Freundin aussieht, als würde sie gerne und regelmäßig rappen.

Dann ziehe ich eine Karte, denn die Freundin liebt es neuerdings, Tarotkarten zu legen und zu deuten.

»Nur so«, sagt sie halb erklärend, halb entschuldigend, »zwecks Schulung der Intuition.«

»Ich möchte mein Glück bestätigt bekommen«, sage ich, denn ich bin davon überzeugt, viel Glück im Leben zu haben; die Karten werden das belegen.

Ich ziehe die Königin der Stäbe. Eine schwarze Katze mit steil aufgestelltem Schwanz steht der Königin der Stäbe im Weg; mir gefällt der kostbare, ausladende Mantel der Königin. »Was soll denn die Katze bedeuten?«, frage ich, während die Freundin zum wiederholten Mal im Spiegel prüft, ob die Mütze korrekt sitzt.

»Was assoziierst du mit Katzen?«, fragt die Freundin, als es klingelt.

»Allergie«, sage ich auf dem Weg zur Gegensprechanlage und: »Ki-tekat, Katzenklo, eigenwillig, anschmiegsam, einsame Menschen.« Ich drücke auf den Türöffner und frage: »Stichwort?«

Wir erwarten Solomon, und Solomon sagt fern und knisternd: »Kussen«.

»Das Stichwort gilt nicht. Neues Stichwort!«, sage ich und zur Freundin gewandt: »Er soll endlich mit seinem Kussen aufhören.«

Ich halte mein Ohr an die Gegensprechanlage, und dann sagt er: »Hund.«

»Wieso Hund?«, frage ich, lasse das Stichwort aber gelten.

»Gleich«, sagt Solomons knisternde Stimme; meistens lässt er den größten Teil des Satzes weg. Ich habe mich daran gewöhnt und er-gänze im Stillen die fehlenden Bestandteile: »Gleich werde ich dir das erklären.«

Solomons Schwärze erstaunt mich immer wieder. Als er zur Tür hereinkommt, bin ich fest davon überzeugt, dass er aus Milliarden von Mohnkügelchen besteht und mit Sicherheit essbar ist. Um seinen Hals baumelt eine goldene grobgliedrige Kette, die beinahe bis zum Bauchnabel reicht und an deren Ende eine Art Plakette hängt.

»Was ist das?«, frage ich und zeige auf das seltsame Schild in der Nähe seines Bauchnabels.

»Vom Hund«, sagt Solomon, streicht mir mit einer zärtlichen Geste über die Wange und küsst mich mit seinem großen Mund auf meinen kleinen.

Die Freundin hat mich ermahnt, ich solle vorsichtig sein mit Äuße-rungen, die seine Lippen betreffen. »Mich verstören große Lippen«, sagte ich, und sie fand, das klinge rassistisch. Ich sagte, das habe nichts mit Rassismus, sondern mit einer handfesten Abneigung gegen große Lippen zu tun, unabhängig von der Hautfarbe. »Ich fühle mich bedrängt von solchen Mündern«, erklärte ich.

Während Solomon versucht, mir in gebrochenem Deutsch zu erläu-tern, woher die Hundemarke kommt, streichle ich über seinen glatt rasierten Schädel und sage schließlich: »Auf zum Tanzen.«

Dann fahren wir, und ich finde, auch die Nacht ist schwarz wie Mohn, und die Luft umweht uns wie schwarzer feiner Puder.

In der Bar ist es voll, verraucht, und es gibt keine Rhabarberbrause; Rhabarberbrause ist mein Lieblingsgetränk. Ich finde mich in lavalampenartig wabernden Rauchblasen voller Marihuana wieder und lache Menschen mitten ins Gesicht. Die Freundin, Solomon und ich trinken Sekt in rauen Mengen. Solomons goldene Hundekette, an der ich ständig herumnestele, lässt mich nicht los, Solomon lässt mich nicht los. Ich liebe Solomon nicht, aber Solomon liebt mich, und die Freundin sagt: »Wie machst du das mit den Männern?«

Ich sage, dass ich gar nichts mache, ich lasse geschehen, und sie sagt: »Wie geht das?«

Ich frage zum wiederholten Male an der Theke nach Rhabarberbrause, trete einem Mann mit verfilzten Haaren auf die Füße, sage: »Tschuldigung«, und stelle meine Tasche neben der Heizung ab. Dann tanze ich mit Solomon. Niemand tanzt gescheiter als Solomon, und weil ich immer Glück im Leben habe, habe ich einen der besten Tänzer der ganzen Welt an meiner Seite. Mit Solomon zu tanzen ist wie Mousse au Chocolat zu essen: Man löffelt langsam und genussvoll, man tastet sich mit der Zungenspitze mit geschlossenen Augen in der schaumigen cremigen Masse voran, leckt sich über die Lippen, und dann öffne ich die Augen, spüre wie er mich gekonnt und bestimmt an seinen schlanken Körper drückt, wie er seine Hände einladend auf meiner Hüfte ablegt. Ich schmiege meinen Hals in die Mulde seines Schlüsselbeins. Sexy Frauenstimmen singen abwechselnd »Yeah Baby« und »Turn around«. Als ich Solomon in die Augen sehe, denke ich an Mohnkuchen, er sagt: »Mach mir warm.«

Wieder lache ich auf, weil ich immer lachen muss, wenn Solomon sagt: »Mach mir warm« oder »Ich will dich kussen.«

Ich mache eine Drehung von ihm fort, er hebt seine Arme, ich schüttle den Kopf, tanze in seine Arme hinein und sage: »Tanzen ja, küssen nein.«

Die Freundin tanzt inzwischen auch, die Tanzfläche ist klein, wir drehen uns umeinander, fassen uns zu dritt an den Händen, dann an den Hüften und machen einen Sandwich-Dreier-Tanz.

Meine weiße, selbst genähte Tasche aus Reissäcken liegt wie eine erlegte Gans auf dem Boden neben der Heizung, man kann kaum sehen vor Zigarettenqualm.

»Du steuerst einer Sexorgie entgegen«, sagt die Freundin seit geraumer Zeit zu mir, denn sie befürwortet derlei Erfahrungen; jetzt sagt sie es wieder, vor mir tanzend, ihr Po an meinem Bauch, ihr Kopf nach hinten verdreht, damit ich verstehe, was sie mir sagt. »Du steuerst einer Sexorgie entgegen«, sagt sie, als verstünde ich nicht recht, und ich sage, wenn es so weit sei, würde ich Bericht erstatten, denn wenn man viel Glück hat im Leben, dann muss man damit herausrücken.

Solomon schnappt sich die Freundin, und ich tanze plötzlich mit einem Mann, der aussieht wie ein echter Rapper aus einem Musikvideo.

Ich versuche mir, ihn ohne schwarz umrandete Kastenbrille, ohne Kappe und ohne Pampershose vorzustellen. Meine Augen tränen, immer wieder wische ich während des Tanzens Tränen fort, was der Rapper imitiert, sodass wir einander gegenüber tanzend unsere Augen wischen. Dann lässt er pantomimisch Ballons steigen, ich folge ihm, hole seinen Ballon zurück, hindere ihn am Fortfliegen, dann pflücken wir Blumen und schenken uns Gänseblümchen. Der Rapper ist mindestens fünf Jahre jünger als ich, bewegt sich schnell und eckig und wackelt ruckartig mit seinem Kopf. Ich glaube, das ist Breakdance. Beim Tanzen legen wir unsere Köpfe schief, als wollten wir uns schlafen legen. Ich schwitze stark, weil Breakdance anstrengend ist, und als viel Zeit vergangen ist, in der immer noch keine Rahaberbrause aufzutreiben war und meine Augen unablässig tränten, fällt mein Blick auf den Platz neben der Heizung, wo meine Tasche wie eine erlegte Gans gelegen hat.

Die Stelle ist leer. Ich fasse den Rapper am Arm, zeige in Richtung der Heizung und sage: »Meine Tasche ist weg, da war alles drin: Schlüssel, Geld, Papiere, Handy.«

Der Rapper sieht mich mit erschrockenen Augen durch seine schwarzen Brillenränder hindurch an und sagt: »Dann müssen wir sofort zu dir fahren. Bevor die da sind.«

Ich sage: »Los geht's!«

Solomon und die Freundin, der Rapper und ich, wir heben im ganzen Raum Jacken an, die wie zerknülltes Geschenkpapier auf Sofas herumliegen, aber die Tasche ist fort.

Wir nehmen ein Taxi. Ich sitze vorne und drei verschiedene Paar Arme und Hände ranken sich von der Rückbank hin zu meinem Nacken und beiden Oberarmen. Ich denke an die Königin der Stäbe, überlege, was schwarze Katzen mit Glück oder Unglück zu tun haben und finde nach wie vor, dass ich ein Glückskind bin: Drei Menschen legen zwecks Anteilnahme und Beistand ihre Hände auf meinen Körper.

Während ich die Nacht draußen bestaune und große Lust habe, den Wind zu trinken, sagt der Rapper: »Als Erstes die Karte sperren lassen«, und die Freundin sagt: »Ich habe zu viel getrunken, merkt man das?«

Ich schüttle mit dem Kopf, sage: »Du siehst super aus«, ich schaue den Taxifahrer von der Seite an und frage mich, wie er zu Sexorgien steht, und dann sind wir da.

»Hier ist es«, sage ich und zeige rechts aus dem Fenster. In einer Wohnung im Parterre brennt noch Licht. Ich muss also niemanden wecken, um ins Haus zu kommen, klingele und frage den Rapper, wie er heißt. »Nikolaus.«

»Schöner Name«, sage ich, und er sagt: »Geht so.«

»Danke, dass du mitgekommen bist«, sage ich und sehe auch Solomon und die Freundin an: »Ihr auch.«

Solomon streicht mir wieder zärtlich über die Wange, und die Freundin sagt: »Sobald wir den Schlüsseldienst hinter uns haben, mache ich Suppe für uns.«

»Und es könnte ja sein, dass es nette Diebe sind, die dich bestohlen haben«, sagt Nikolaus.

»Genau«, sagt die Freundin, und dass ich sicherlich alles wiederbekäme. Solomon nickt wortlos, und ich sage: »Unbedingt.«

Zu viert stehen wir mitten in der Nacht vor meiner Haustür. Nach dem dritten Klingeln sagt eine Frauenstimme: »Ja?«

Ich halte meinen Mund dicht an die Gegensprechanlage, es stürmt, ich sage etwas wie »Wohne im Haus« und »Tasche geklaut« und »Telefonieren«.

»Stichwort«, flüstert mir die Freundin ins Ohr, und ich sage: »Du bist doch besoffen.«

Sigrid Eggersglüß

Eröffnungen

Als der Altenpfleger das Zimmer betritt, liegt es im Dunkeln. Lediglich ein schmaler Streifen Sonnenlicht, der durch die Mitte der schweren Vorhänge fällt, lässt einen heiteren Frühlingstag erahnen.

»Guten Morgen, Herr Kunz. Ich bin neu hier und heiße Andreas.«

Er schaltet das Deckenlicht ein und zieht mit einem Ruck die Gardinen zur Seite. Der alte Mann schreckt hoch in seinem Bett, versucht vergeblich sich zur Seite zu drehen, kneift seine Augen zu und stöhnt leise.

»Ich gebe Ihnen erst Ihre Spritze, dann fangen wir mit dem Waschen an, und danach gibt es Frühstück. Ist das recht?«

Eine rhetorische Frage. Der vor Energie und Wichtigkeit sprühende Pfleger ist bereits mittendrin im morgendlichen Ritual. Mit seinem dunkelbraunen Bürstenhaar und dem kindlich runden Gesicht hat er das Aussehen eines zu groß geratenen Meckis.

Der alte Mann lässt alles über sich ergehen. Versucht sich aufzurichten, um dadurch das Gewicht seines schlaffen Körpers zu verringern. Die Last, die er trägt.

»D2, d4«, flüstert er.

»Ja, klar« nickt der Pfleger und setzt dem Mann die frisch gesäuberten Zähne ein.

»So, Herr Kunz, gleich bringe ich das Frühstück. Sie mögen ja ein Ei, nicht wahr?«

»Kennen Sie Kasparow?«

Das Flüstern hört Andreas nicht mehr. Doch bevor er die Tür schließt, dreht er sich noch einmal kurz um und betrachtet mit Stolz sein Werk. Herr Kunz liegt halb aufgerichtet, frisch gewaschen und rasiert in weißer Bettwäsche. Langsam, in vielen kleinen Etappen, dreht der alte Mann seinen Kopf und öffnet die Augen. Sie wandern durch den Raum, ratlos, die vertraute Welt suchend.

In der Küche nimmt der Pfleger ein Tablett in Empfang und balanciert es durch den langen Flur.

»Herr Kunz spricht wieder«, ruft er einer Kollegin zu.

»Gut, trag ich ein und sag's dem Arzt«, erwidert sie.

Als der Pfleger mit dem Frühstück das Zimmer betritt, hebt Herr Kunz eine Hand in die Höhe und winkt ihn mit dem Zeigefinger zu sich.

»Gleich. Ich muss eben das Tablett abstellen.«

Dann beugt er sich über das Bett, weil er meint, Herr Kunz möchte ihm etwas zuflüstern. Doch dieser greift zittrig, trotzdem zielstrebig, in die Brusttasche des Pflegers und nimmt sich den Kugelschreiber heraus. Mühsam versucht er ihn in seiner schmalen mit braunen Flecken übersäten Hand zu halten. Endlich klemmt der Stift zwischen seinem Zeige- und Mittelfinger. In großen Schwüngen malt er Buchstaben und Zahlen auf das weiße Deckbett.

»Das gibt Ärger, Herr Kunz. Ich bringe Ihnen lieber einen Block.«

Der alte Mann schüttelt den Kopf.

»Was soll das denn bedeuten? D2 d4, c2 c4? Waren Sie mal Mathelehrer? Da sind Sie bei mir am Richtigen. Sport und Mathe fünf.«

Er nimmt dem Mann den Kugelschreiber aus der Hand und reicht ihm den Becher mit Kaffee und ein Stück Brot.

»Damengambit«, murmelt der Alte.

»Klasse, Herr Kunz! Schon wieder Frauen im Kopf.«

Das runde Jungengesicht grinst verschwörerisch.

Der Tag vergeht. Ein neuer Tag beginnt und endet, beginnt und endet. Ein Sonnenstreifen erhellt die Welt und blaue Hieroglyphen machen sie bunt.

Der Pfleger denkt nach. Kreuzworträtsel und Krimis sind seine Leidenschaft. Dr. Watson kombiniert und stolpert buchstäblich über die Lösung, als er seinen Freund besucht.

»Bei dir liegt aber auch alles herum.«

Er stellt die kleine Holzfigur auf den Tisch.

»O Klasse, den Bauern habe ich schon vermisst. Du solltest auch mal Schach lernen, Andreas!«

»Schach? Schach! Genau, das ist es! Sag mal, gibt es da nicht Züge? Wie nennt ihr das?

»Du meinst Eröffnungen und Stellungen. D2 nach d4 oder e2 nach e4, e7 nach e5. Meinst du das?«

»Gibt's auch was mit Damen?«

»Damengambit ist eine Eröffnung, Königsindisch oder Spanisch.«

»Hallo, Herr Kunz. Sie sehen gut aus. Und mit dem Sprechen klappt es auch schon ein wenig, hab ich mir sagen lassen. Immer schön Krankengymnastik machen und mit dem Logopäden üben, dann sind Sie bald wieder der Alte.«

Die buschigen weißen Augenbrauen des Mannes verziehen sich nach oben, die feinen Stirnfalten krausen sich zu tiefen Furchen.

»Ich bin der Alte«, murmelt er. »D2, d4!«

»Schon klar, Herr Kunz. Wir sind jetzt fertig mit dem Morgenprogramm. Ich hole das Frühstück.«

Als er mit dem Tablett wiederkommt, sagt der Pfleger: »Guten Appetit. Was meinen Sie? D7 nach d5«.

Die Überraschung ist ihm gelungen. Herr Kunz stutzt, schluckt seinen Bissen hinunter und erwidert dann laut und deutlich: »C2 nach c4!«

Andreas räumt und wischt, und nennt zwischendurch einen neuen Zug.

»Ich muss jetzt weiter, Herr Kunz. Morgen spielen wir die Partie zu Ende. Können Sie alles im Kopf behalten? Oder wollen Sie es auf einen Zettel schreiben?«

Der Mann winkt empört ab.

»Ich war zehn, als ich Alexander Aljechin begegnete. Ein kleiner Bub und der Meister des Schachs. So fing es an.«

Sie spielen jeden Tag. Buchstaben und Zahlen dienen der Verständigung, Strategien entstehen im Kopf. Der Raum ist erfüllt von Spannung und Energie. Die Monotonie der langen Tage und Nächte ist Vergangenheit.

Der Physiotherapeut betritt das Zimmer. Er ist groß, durchtrainiert und von aufdringlicher Präsenz.

Herr Kunz schließt schnell seine Augen und gibt vor zu schlafen.

»Ich weiß, dass Sie wach sind. Ich weiß auch, dass Sie keine Lust auf die Übungen haben. Aber sie müssen sein. Ich hole eben noch ein neues Handtuch aus dem Schrank, falls Sie beim Trainieren ins Schwitzen kommen sollten.«

Er lacht laut und herzhaft über seinen Scherz. Der alte Mann schüttelt den Kopf. So viel Munterkeit lässt ihn verstummen.

»Sie spielen Schach, Herr Kunz. Find ich toll. Ist mir zu kompliziert.«

»Woher wissen Sie das?«, fragt der alte Mann.

»Im Schrank steht ein Schachcomputer. Den gleichen hat mein Sohn. Der ist vierzehn.«

Am nächsten Morgen und am Morgen darauf und viele neue Morgen bleibt es still. Der alte Mann spricht nicht mehr. Andreas ist ratlos. Er kauft eine Schachzeitung, legt sie Herrn Kunz auf das Bett, fordert Reaktionen heraus. Selbst eine bekritzelte Bettdecke würde er jetzt freudig in Kauf nehmen.

»Was ist geschehen, Herr Kunz? Es geht Ihnen nicht wirklich schlecht, sagt der Arzt. Bitte, sprechen Sie mit mir!«

»Einen alten Mann betrügt man nicht.«

Herr Kunz richtet sich auf, schaut den Pfleger direkt an, zeigt auf den Vorraum und sinkt zurück in sein Kissen.

Der Pfleger begreift sofort. Jemand hat den Schachcomputer entdeckt und es herausposaunt.

»Ich wollte Ihnen eine Freude machen. Ich hab doch keine Ahnung von Schach.«

Der alte Mann schüttelt den Kopf.

»Ich brauche kein Mitleid und schon gar keine Maschine als Gegner. Schach ist kein Spiel, Schach ist eine Kunst. Und Sie, Sie sind ein Falschspieler.«

Einige Wochen später sitzt Herr Kunz am Tisch, liest die Tageszeitung und hört Ravels Bolero im Radio. Es ist früher Nachmittag, eine Tasse Kaffee und ein Blätterteigteilchen stehen vor ihm.

Es klopft an der Tür.

»Herein.«

Er erwartet zwar keinen Besuch, dreht sich aber doch erfreut zur Tür.

Andreas kommt herein. Er trägt eine große Ledertasche in der Hand. Wortlos steht er mitten im Zimmer. Sie haben sich wochenlang nicht mehr gesehen, ein Kollege übernahm seine Arbeit.

»Bitte schicken Sie mich nicht weg. Ich habe etwas mitgebracht.«

»Bemühen Sie sich nicht. Es ist sowieso zu spät. Morgen ziehe ich nach nebenan in eine kleine Wohnung. Ich bin ja kein Pflegefall mehr.«

Andreas öffnet seine Tasche, holt ein Schachbrett hervor, legt es auf die freie Fläche des runden Tisches, stellt ein Kästchen dazu und eine Schachuhr.

»Lassen Sie uns dann wenigstens eine Abschlusspartie spielen. Bitte!«

»Und? Wo haben sie heute Ihre Maschinen-Hilfskraft versteckt?«

Trotz des beißenden Tones sieht Andreas wache gespannte Augen, die ihn und das Schachbrett fixieren.

»Ich bin allein gekommen.«

Er setzt sich gegenüber auf den Stuhl, baut die Figuren auf das Brett und nimmt einen schwarzen und einen weißen Bauern in jede Hand. Verschränkt sie auf dem Rücken.

»Welche Hand?«

Der alte Mann deutet auf die linke.

»Weiß«, sagt Andreas. »Sie fangen an.«

Die ersten Züge spielen sie schweigend. Das Radio ist ausgeschaltet. Nur der Schlag auf die Schachuhr unterbricht die Stille.

»Sizilianische Verteidigung. Wo haben Sie das gelernt?«

»Bei meinem Freund. Von ihm war auch der Schachcomputer. Aber den vergessen wir lieber«, sagt Andreas.

»Werden Sie mich in meinem neuen Zuhause besuchen?«

»Darauf können Sie sich verlassen. Nun bin ich der Bub, ein etwas großer, und Sie sind der Meister des Schachs. So fängt es an.«

Zum ersten Mal sieht Andreas den alten Mann lachen.

Elke Kadisch-Neugebauer

Glück oder drei Mails
für Hannes Stasser

Der Sachbuchautor Hannes Stasser saß vor seinem Computer und kratzte sich am Kopf. Er hatte noch nicht gefrühstückt und es fiel ihm absolut nichts ein. Unwirsch blätterte er im Manuskript seines Vortrages, den er nächste Woche auf der Leipziger Buchmesse halten sollte: Machen Bücher glücklich? – Humor in der Literatur am Beispiel Erich Kästners. Eine zündende Idee für ein neues Buch hatte er auch nicht, obwohl sein Verleger schon mehrmals nachgefragt hatte. Selbst die Motivation für den morgendlichen Waldlauf ließ zu wünschen übrig. Obwohl er es meistens genoss, die frische Luft, niemand unterwegs, die Nebelschwaden über dem Fluss und die tauglänzenden Spinnwebennetze.

Hannes Stasser war sehr erfolgreich mit seinen Ratgebern. Sein letztes Buch stand monatelang auf der Sachbuchbestsellerliste, obwohl das Thema nicht neu war: Wirf es weg – bevor es dich umwirft. Es handelte davon, wie man am besten sein Leben entrümpelte und Ballast abwarf – im Haus, im Keller, im Kleiderschrank und in Beziehungen.

Nun, Letzteres musste er selbst noch nicht einmal praktizieren. Er hatte keine Beziehung. Weder eine Lebenspartnerin noch irgendwelche engen Busenfreunde. Nicht, dass ihm langweilig war, nein, es gab genug Kneipenbekanntschaften, berufliche Kontakte, die Besucher seiner Lesungen, Journalisten und die Fans seiner Bücher, die ihm regelmäßig E-Mails zuschickten, meistens positive Kritiken. Das machte ihn zufrieden, aber richtig glücklich, nein, glücklich war er nicht. Obwohl das fast niemand glauben würde, klangen doch die Botschaften seiner Bücher so motivierend: Nimm das Lasso – von der Kunst, das Glück zu zähmen.

Oder: Wer nicht denkt, ist glücklicher – ein Ratgeber für isolierte Intelligenzbestien. In letzter Zeit fühlte er sich einfach nur ausgebrannt und leer.

Hannes Stasser lebte allein. Er liebte die Stille, die Unabhängigkeit, die Einsamkeit. Er liebte auch die Frauen, grundsätzlich und allgemein schon. Es war fatal. Nächsten Monat würde er fünfzig werden. Doch die Frauen, die ihn mochten, denen konnte er nichts abgewinnen, und die anderen – es war ein trauriges Kapitel, was er aus taktischen Gründen seinen Lesern lieber verschwieg.

Er zog seinen Morgenmantel enger um sich, schlurfte in die Küche und warf die Kaffeemaschine an. Zurück an seinem Computer begann er seine elektronische Post abzurufen. Auf drei Mails war er besonders gespannt. Er öffnete die erste. Eine alte Freundin, der er kürzlich sein Leid geklagt hatte. Wie schön.

»Lieber Hannes«, schrieb sie auf gelbem Hintergrund mit Sonnenblumen »also, ganz verstehe ich deine Sorgen nicht. Wenn ich nicht mit Manfred so glücklich wäre, würde ich dir sofort einen Heiratsantrag machen. An dir ist doch alles dran, du bist so ein toller Typ. Gut, du bist nicht Adonis, du hast eine Halbglatze, Falten um die Augen und eine große Nase, doch das verleiht deinem Gesicht doch Charakter. Du bist zynisch, hast aber auch Humor. Du machst einen tollen Job, verstehst dich auf Smalltalk genauso wie auf tiefschürfende Gespräche, kennst dich mit allem aus, mit den kleinen Problemchen der Frauen wie Orangenhaut und zickigen Friseuren und den großen Männerproblemen wie Autos und Fußball. Du hast ein hübsches Häuschen, kannst kochen und nähen, bügelst deine Hemden selber, putzt deine Schuhe und bringst deine Anzüge zur Reinigung. Kurz gesagt, du bist der Traummann jeder Frau.

Aber du kannst doch nicht erwarten, dass dich eine findet oder dass du eine findest, wenn du nur Bücher schreibst und dich Tag und Nacht vor deinem Computer verkriechst. Und beim Waldlauf lernst du wahrscheinlich auch keine kennen.

Weißt du noch, als du das tolle Buch geschrieben hast: Stierfrau sucht Torero …

Warum gibst du nicht mal wieder eine Kontaktanzeige auf und amüsierst dich dabei, das Heer von interessierten Damen zu treffen? Vielleicht ist doch irgendwann einmal die Frau fürs Leben dabei. Obwohl ich dir damals schon sagte – dein einziges Problem ist, dass du für den Alltag nicht taugst. Daran solltest du vielleicht einmal arbeiten.

Und die Sache mit dem Haarausfall, nimm es nicht so schwer. Durch deine hohe Stirn kommen deine großen, dunklen Kuhaugen besonders gut zur Geltung. Frauen stehen auf so was. (Frauen kucken nämlich immer zuerst in die Augen und nicht auf den Hintern – laut Umfragen –, wobei deiner ja noch ziemlich knackig ist, nicht wahr?)

Also, carpe diem. Und lass dich nicht so hängen. Nimm dir ein Beispiel an deinem besten Stück. Der ließ sich auch nie hängen, soweit ich mich erinnere, egal wie schlecht's ihm ging!!!!«

Hannes grinste. Was für eine Frau. Ja, leider hatte es damals mit ihnen nicht geklappt. Aber dass sie ihn trotzdem noch für einen tollen Hecht hielt, tat seinem Ego sehr gut. Es tat mehr als gut. Er stand auf und holte sich die erste Tasse Kaffee dieses Morgens.

Die zweite Mail stammte von seinem frisch geschiedenen Bruder.

»Hannes, altes Haus, ich weiß, du bist der Ältere, und schon früher wusstest du alles besser. Doch dieses Mal nimm bitte einmal von mir ein paar Ratschläge an:

dein Selbstmitleid, das bringt doch nichts. Vielleicht solltest du dein Liebesleben mal kritisch beleuchten. Was willst du eigentlich?

Also, du reißt eine zwanzig Jahre Jüngere auf. Das ist am Anfang ja bestimmt ganz klasse, vor allem im Bett. Doch du solltest dich vergewissern, wie das mit ihrem Kinderwunsch ist. Hat sie damit abgeschlossen oder lässt sie dich am Ticken ihrer biologischen Uhr teilhaben? Dann musst du Farbe bekennen. Du magst ihren Körper, ihre Lust, ihre Unabhängigkeit, ihr eigenes Geld, ihre eigene Meinung, die dich inspiriert. Überlege, ob du das eintauschen möchtest in: schlaflose Nächte, Schwangerschaftsstreifen, die Brust mit dem Baby teilen, eine abends übermüdete Mutti, die weder Lust auf dich noch auf deinen kleinen Freund hat. Geldprobleme, unaufgeräumte Wohnungen, Wochenenden beim Entenfüttern, stinkende Windeleimer im Bad und Erziehungsratgeber statt den Playboy auf dem Nachttisch.

Die zweite Alternative: Du suchst dir eine Vierzigjährige – geschieden. Die Alte sieht nicht mehr so gut aus, da musst du durch. Ihre Kinder sind zwar aus dem Gröbsten raus, aber mitten in der Pubertät und schwierig, ihr eigener beruflicher Wiedereinstieg anstrengend. Für beides brauchst du viel Geduld und Spucke. Außerdem kannst du der keine Märchen mehr erzählen. Willst du dir das antun?

Und noch was: Deine Libido mag ja jetzt noch ganz in Ordnung sein. Doch was glaubst du, was die jüngeren Frauen schätzen, wenn du alt bist? Meinst du, sie flößen dir deine Herztropfen ein und bereiten dir eine Wärmflasche? Denkst du, sie pflegen dich dann mit deiner Demenz und deiner Alzheimer, denkst du, sie wechseln dir den Katheter aus und lesen dir abends etwas aus dem Feuilleton der Frankfurter Allgemeinen Zeitung vor?

Such dir eine Gleichaltrige oder sogar Ältere, so eine lustige Witwe. Ja, lach nicht. Fünfzigjährige können auch noch ganz schön sexy sein. Die Welt ist voll von ihnen. Kinder aus dem Haus und Enkel nur zu Besuch. Die haben Kohle und können auch noch kochen. Und im Bett, da dimmst du das Licht ein wenig runter, das mögen die Damen sowieso lieber.«

Ha, ha, Hannes Stasser lachte laut.

Sein Bruder. So einen Bruder hatte er sich immer gewünscht. Wenn man so einen Bruder hatte, benötigte man sonst keine Verwandtschaft. Seine Laune hatte sich merklich gebessert. Er verspürte ein wenig Hunger und ging in die Küche, um sich ein Müsli in Milch einzuweichen. Er goss sich eine zweite Tasse Kaffee ein und setzte sich wieder an seinen Schreibtisch. Nun noch die dritte Mail, von seiner Mutter. Über die freute er sich am meisten, vor allem weil sich die Dame in ihrem Alter noch mit der neuen Technik angefreundet hatte.

»Mein lieber Junge«, schrieb sie.

»Es tut mir ja so leid, dass es dir so schlecht geht und ich dir nicht helfen kann. Für eine Mutter ist das immer schlimm, weil man ja will, dass es den Kindern gut geht und dass sie es einmal besser haben sollen als wir.

Ich kann auch nicht so gut verstehen, dass es dir schlecht geht. Du hast doch fast alles, was man sich nur wünschen kann. Ein schönes Häuschen, eine gut bezahlte Arbeit, Erfolg als Schriftsteller. Denk mal an die vielen Arbeitslosen.

Ich bin so stolz, wenn ich dich sogar im Fernsehen sehe und dass du da so gescheite Sachen sagst. Vor allem da du ja in Deutsch früher nicht so gut warst und immer den Unterricht geschwänzt hast. Es war überhaupt schon was, dass du aufs Gymnasium gegangen bist. Das konnten wir früher nicht. Dafür hatten unsere Eltern kein Geld. Und so furchtbar lange Haare hast du gehabt, deine Frisur heute, die gefällt mir viel besser. Natürlich würde ich mich freuen, wenn du eine nette Frau hättest und ich ein paar Enkelchen. Wenn du mich mit so einem kleinen Hannes besuchen kämst, ei, was würde ich den verwöhnen. Doch das ist nicht die Hauptsache. Das Wichtigste ist, dass du glücklich bist. Denke daran, wenn es dir wieder einmal schlecht geht, dass ich auf meinen Bub immer stolz bin, egal was noch kommt.«

Hannes Stasser bekam feuchte Augen. Ein warmes Gefühl durchströmte ihn. Der heutige Tag versprach doch noch ein guter zu werden. Er schaltete seinen Computer aus, zog sich seine Sportkleidung und die Laufschuhe an und trat durch die Haustür. Der Geruch von Frühling schlug ihm entgegen. Er vollführte ein paar Aufwärmübungen und trabte langsam los.

Also, von Herrn Kästner konnte er wirklich viel lernen. Es waren nicht nur seine Bücher, die Generationen von Kindern glücklich gemacht hatten. Auch seine Gedichte für den täglichen Gebrauch, seine Romane und auch die weniger bekannten Texte. Herr Kästner hatte sich zum Beispiel selbst Briefe geschrieben – vor allem wenn er ratlos oder betrübt war.

Die Methode funktioniert wirklich, dachte Hans Stasser, als er in den Wald einbog. Er würde in seinem nächsten Buch ausführlich darauf eingehen.

Denn die alte Freundin gab es gar nicht. Und einen Bruder hatte er auch nicht. Und seine Mutter war schon über zwanzig Jahre tot.

Stefan Heuer

Das dunkelgrüne Körperteil

»… teilen wir Ihnen mit, dass der Betrag in den folgenden Tagen auf das angegebene Konto überwiesen wird. Mit freundlichem Gruß …«

Heppner las den Brief der Versicherung ein zweites Mal und blickte auf den Verband am Ende seines Arms. Vor einigen Tagen hatte er sich beim elektrischen Schleifen an alten Karosserieteilen den Ringfinger der linken Hand abgetrennt. Mit mattem Klatschen war er auf den Garagenboden gefallen. Der diensthabende Krankenhausarzt hatte versucht, den Finger wieder anzunähen, jedoch ohne Erfolg. Am nächsten Tag hatte Heppner seine Versicherung über den Vorfall informiert und postwendend hatte die Versicherung die Übernahme bestätigt. Bei einer Invaliditätssumme von einhunderttausend Mark und einem Invaliditätsgrad von fünf Prozent ergab sich ein Betrag von fünftausend Mark, der über den Verlust des Fingers hinwegtrösten sollte.

Er ging in den Keller, holte Bier nach oben und stellte es in den Kühlschrank. Die Situation schrie nach Verwöhntwerden, möchtest du noch etwas, Schatz?, aber von wem sollte er sich verwöhnen lassen? Er war Junggeselle, und wenn er es auch nicht wahrhaben wollte, so lag dieser Umstand doch größtenteils an seinem stark begrenzten Interessenfeld, seiner alleinigen Liebe zu Automobilen.

Fünftausend Mark. Und nun?

Schmerzen zogen in den abgetrennten Finger. Der Arzt hatte Wundschmerzen prophezeit und nun stellten sie sich ein.

Es war früher Vormittag und Heppner schlenderte durch die Stadt. An einem Kiosk kaufte er einen heißen Draht und zog sich damit in ein Café zurück. Bei einem Kaffee durchblätterte er den Automobilmarkt, überflog die Zeilen der Angebote, bis seine Augen an einer Anzeige hängen blieben:

Bentley continental r Coupé, 3/71, 49.800 km, kleinere Reparaturen erforderlich, 150.000,–

Einhundertfünfzigtausend Mark waren ein stolzer Preis, aber günstiger hatte er seinen Traum noch nirgends gesehen. Die Zeitung war seit dem Morgen erhältlich und lange würde die Anzeige anderen Kennern nicht verborgen bleiben. Er musste anrufen, so schnell wie möglich, doch ohne das Geld würde es sinnlos sein. Eine besondere Situation, die besondere Maßnahmen verlangte.

Eine Woche später.
»… muss ich Ihnen leider mitteilen, dass es in der vergangenen Woche, genauer: am 04.09. gegen 18.00 Uhr, zu einem weiteren Unfall gekommen ist, bei dem ich, zu meinem Bedauern, die linke Hand verloren habe. Anliegend die genaue Beschreibung des Unfallhergangs sowie das Protokoll des behandelnden …«
Heppner schob den Brief in den Umschlag und versah ihn mit einer Briefmarke. Seine rechte Hand arbeitete solo; an einhändiges Papierfalten und Eintüten würde er sich gewöhnen müssen.

Zwei Wochen später stand Heppner im videoüberwachten Vorraum seiner Hausbank und zog Auszüge. Nach wenigen Augenblicken bestätigte der Drucker seine Erwartungen. Die Versicherung hatte überwiesen, bezahlt, der Auszug wies einen Haben-Posten von fünfundfünfzigtausend Mark aus.
Zufrieden betrat er die Schalterhalle und füllte eine Überweisung aus. Die Anzahlung für den Bentley betrug fünfzigtausend Mark. Noch am gleichen Vormittag, an dem er auf die Anzeige gestoßen war, hatte er die angegebene Telefonnummer gewählt, den Wagen am Nachmittag begutachtet und war mit dem Besitzer einig geworden. Das Problem des fehlenden Geldes bewältigten sie durch Festlegung eines Termins, an dem die Anzahlung fällig sein würde. Den Restbetrag hatte Heppner zum Jahresende zugesagt, und bis dahin verblieben ihm noch einige Monate, in denen er das Geld besorgen konnte.

Nach Gutschrift der Anzahlung erhielt Heppner den Wagen. Er war nicht fahrtüchtig, die »kleineren« Reparaturen erwiesen sich als umfangreicher, und so beauftragte er ein Abschleppunternehmen, den Wagen vor seine Doppelgarage zu bringen. Gemeinsam mit dem Fahrer des Abschleppunternehmens schob er den Bentley in die Garage, und dann stand er da: dunkelgrün in den schmalen Lichtstreifen, die durch das Fenster der Garage fielen. Glück strömte in seinen Arm und ebbte an der fehlenden Hand, die vor Freude einen Schlenker tat.

Die nächsten Wochen fielen der Demontage des Wagens zum Opfer. Teil für Teil wurde gelöst und entfernt, gesäubert, auf Verschleiß und Schäden geprüft, und letztendlich lag der Wagen in Einzelteilen und Zahlen vor ihm. Die vollständige Restauration des Wagens würde Material- und Arbeitskosten in geschätzter Höhe von zehntausend Mark aufwerfen, mit dem Rest des Kaufpreises hatte er bis Jahresende einhundertzehntausend Mark aufzubringen.

Die Frage, wie das Geld zu beschaffen sei, stellte sich nicht. Er hatte seine Liebe gefunden, den Traum seiner schlaflosen Nächte, und der linke Arm, ohne die dazugehörige Hand ohnehin überrepräsentiert, war ein Opfer, das er seiner Liebe nur zu gerne bringen würde. Innerhalb der nächsten Tage würde er fallen, das stand seit dem Verlust der Hand längst fest.

An einem Samstag war es dann so weit. Sorgfältig hatte sich Heppner vergewissert, dass der Nachbar zu Hause war und in Hörweite im Garten arbeitete. Das war wichtig, der Nachbar sollte Ohrenzeuge des Unfalls werden und den Rettungswagen benachrichtigen, denn schließlich wollte Heppner nicht unbemerkt in seinem Garten verbluten. So ging er an den Zaun zwischen den Grundstücken, tauschte einige Worte über Wetter und Lokales, um sich anschließend in die Garage zurückzuziehen.

Nach wenigen Minuten des Kreissägenlärms vernahm der Nachbar einen Schrei, dem ein weiterer folgte.

Vier Wochen nach Meldung des »Unfalls« war das Geld der Versicherung auf dem konto. Das Abhandengehen des Arms wurde mit fünfundvierzigtausend Mark entlohnt, um einiges weniger, als Heppner per Tabelle errechnet hatte. Die Versicherung hatte die fehlende Hand berücksichtigt und verrechnet. Somit verblieben fünfundsechzigtausend Mark, die er bis zum Jahreswechsel würde beschaffen müssen, um den Bentley endgültig in seinen Besitz übergehen zu lassen. Noch vor Erscheinen dieser Summe vor seinem geistigen Auge war klar: Wer A(rm) gesagt hatte, der würde auch B(ein) sagen müssen. Ein Bein würde das nächste und voraussichtlich letzte Opfer sein, das er bringen musste – dann würde der Wagen bezahlt sein.

Es kam der Tag, an dem der Verlust eines Beins gegenwärtig werden sollte. Heppner hatte sich nach reiflicher Überlegung für das linke entschieden. Ausschlaggebend für diese Entscheidung war sein Vorhaben, in den Bentley eine Automatik einbauen zu lassen, sodass er auch mit nur einem Bein würde fahren können.

»Haben Sie denn noch starke Schmerzen, Herr Heppner?«

»An manchen Tagen schon, ja. Aber es muss ja weitergehen. So lange sich das Wetter hält, muss ich den Garten winterfest machen. Heute schneide ich die Bäume und die Hecke am Kompost nach, dann ist das auch erledigt.«

Mit diesen Worten entfernte er sich und ließ seinen Nachbarn am Gartenzaun zurück.

»Ich könnte Ihnen doch helfen«, rief ihm der Nachbar nach.

»Danke, ich komme zurecht.«

Heppner ging in die Garage, jeder Meter des Weges wurde beschwerlicher. Die Motorsäge, die Sekunde vor dem Rückzieher, eine tödliche Angst lachte auf und rief: dead man walking, jene vorschriftsmäßig letzten Worte eines Wärters, der einen Häftling zu seinem letzten Gang auffordert. Ein Blick auf den Wagen, und das Grün durchstach seine Augen und sein Herz und schluckte die Angst.

Wenig später hatte die Liebe gesiegt und sein Bein lag im schäumenden Herzblut auf dem Rasen.

Erst Monate später, als Heppner bereits aus dem Krankenhaus entlassen und wieder zu Hause war, erfuhr er von seiner Werkstatt, dass ein Automatik-Umbau nicht möglich sei.

Er würde den Wagen nie fahren können, doch dies änderte nichts an seinen Gefühlen. Oft saß er im Wagen, die verbliebene Hand am Lenkrad. Still genoss er jeden ungefahrenen Kilometer, jede Rast, vereint mit seiner Liebe. Ein glücklicher Mensch.

Ben Faridi

Warum es keine Hölle mehr gibt

Ein fieses Zwicken weckte ihn. Er kam mit diesem Nagelbett einfach nicht zurecht. Aber auf die Ausstattung hier hatte er keinen Einfluss. Mühsam wälzte er sich aus dem Bett. Dann sprühte er sich etwas Parfüm unter die Achselhöhlen, zog den Rollladen hoch und stellte sich an das Fenster seines Pförtnerhäuschens. Es hatte sich schon eine lange Schlange gebildet.

»Zur Hölle mit euch«, rief er aus dem Fenster. Dann lachte er als Einziger laut. Er war der Pförtner des Höllentors und entließ die Sünder in den Himmel, wenn sie lange genug gequält worden waren.

Eine junge Frau wartete schon nervös.

»Papiere!«, blaffte er sie an. Sie reichte ihm ihr Register. Er blätterte alles sorgfältig durch. »Das reicht noch nicht. Für das Sündenregister auf keinen Fall. Abgelehnt.«

Die junge Frau wollte noch etwas sagen. Aber er hatte die Klappe schon geöffnet und sie fiel schreiend in die heiße Glut zurück. Es würde eine Ewigkeit dauern, bis sie wieder hier wäre.

»Der Morgen fängt gut an«, murmelte der Pförtner zufrieden bei sich. Er drehte das Feuer auf, damit die Wartenden etwas mehr schwitzten. Und dennoch war er in seinem Inneren sehr beleidigt. Seit einer Ewigkeit erledigte er nun seine Arbeit vorbildlich, aber er musste ständig in dem unbequemen Pförtnerhäuschen wohnen. Seinen Missmut ließ er an den Wartenden aus. Wahrscheinlich war das der Plan des Chefs. Er hasste den Chef dafür, aber gestern hatte er ihn erwischt. Er schmunzelte über die kleine Entdeckung, die er gemacht hatte.

Die Rohrpost klingelte. Er öffnete den Behälter. Ein engelsgleiches und leicht parfümiertes Papier leuchtete ihm entgegen.

»Das ist ekelerregend«, schrie er auf. »Wer benutzt denn so was?«
Auf dem Papier stand: »Sein Glück muss man erkennen!« Wollte
ihn jemand ärgern? Rauch stieg aus seinen Ohren. Wütend warf er
das Papier in den Feuerofen und ging zum Fenster. »Der nächste
Idiot!« Heute würde er für keinen das Höllentor öffnen. Einer nach
dem anderen fiel durch die Klappe zurück. Und doch wurde die
Schlange nicht kürzer. Der Pförtner hatte keine Eile. Eine alte Bettlerin stand am Fenster. Sie hatte ein Schild gemalt. »Sein Glück muss
man erkennen!«, stand darauf.

Er schrie sie mit seiner Donnerstimme an: »Warst du das mit dem
Brief? Wage es nie wieder hierher zu kommen!«

Die Bettlerin sah ihm direkt ins Gesicht. Das wagte sonst keiner.
Mit einem heftigen Zug öffnete er die Klappe und sie fiel in die
brutzelnden Flammen. Was für ein Tag! Er zog den Rollladen zu und
beschloss sich auszuruhen. Wenn er doch nur ein besseres Bett hätte!
Er dachte wieder an sein kleines Geheimnis.

Bald zwickte ihn erneut ein hervorstehender Nagel. Missmutig stand
er auf und zog den Rollladen hoch. Die Schlange war länger als
gestern. Das hob seine Laune. Vielleicht könnte er beim Chef doch
wegen eines bequemeren Bettes vorstellig werden. Er fertigte die ersten Wartenden schnell ab. Unerwartet sah er der Bettlerin wieder
ins Gesicht.

»Wie hast du dich hier vorgeschlichen, altes Weib?«

Sie hielt ihm ihre Mappe hin, die er beinahe automatisch aufschlug.
Es lag nur ein einziger Zettel darin. »Sein Glück muss man erkennen!« Aus den Nasenlöchern des Pförtners stieg heißer Dampf vor
Wut auf. So hatte ihn noch niemand behandelt! Er öffnete die Tür
seines Pförtnerhäuschens. So weit musste er noch nie gehen. Dann
packte er die Alte beim Kragen, um sie eigenhändig ins Feuer zurück-
zuschleudern. Als er ihr ins Gesicht sah, beschlich ihn ein merkwür-
diges Gefühl. Er kannte das Gesicht. Er kannte es! In seinem Kopf
suchte er fieberhaft nach dem Namen oder der Geschichte zu dem
Gesicht. Pförtner können sich Gesichter besonders gut merken. Doch

ihm wollte nichts einfallen. Wer war sie? Er zögerte, als er sie den Abgrund hinunterwarf. Ein Kribbeln meldete sich in der Magengrube. Beinahe musste er selig lächeln. Grauenhaft! Heute sollten sie alle warten, dachte er bei sich. Dann rannte er in sein Häuschen zurück und schloss den Rollladen.

Immer noch dampfend vor Wut, setzte er sich auf das Nagelbett und versuchte sich zu erinnern. Milliarden von Gesichtern sah er in Gedanken durch. Dann fiel es ihm ein: Es war das Gesicht auf dem Bild! Ihm wurde kalt und heiß zugleich. Verstohlen schaute der Pförtner sich um. Dann griff er unter sein Nagelbett und zog das vergilbte Bild hervor. Ein Engel war darauf zu sehen. Das Bild hatte er erst gestern auf dem Tisch des Chefs gefunden und mitgenommen. Sein Chef hatte ein Bild eines Engels in seinem Büro! Wenn das jemand wüsste … Der Pförtner hatte es einfach mitgenommen. Das war natürlich streng verboten. Aber an diesem Tag war einfach zu viel los und so kam er damit durch. Er hatte sich sofort und unsterblich in das wunderhübsche Gesicht des Engels verliebt. Und die alte Bettlerin war ihr aus dem Gesicht geschnitten, nur eben viel, viel älter.

Die Rohrpost klingelte schon wieder. Hektisch steckte er das Bild in seine Hosentasche und nahm den Behälter aus dem Rohr. Beinahe hatte er Angst ihn zu öffnen. Es war eine Rüge von der Zentralverwaltung, dass er am helllichten Tage geschlossen hatte. Das war die erste Rüge seiner Dienstzeit. Hastig zog er den Rollladen hoch und bearbeitete die Sündenregister der Wartenden. Unruhig schaute er über die Schlange hinweg, ob die alte Frau wieder irgendwo stehen würde. Er war besonders nachsichtig mit den Wartenden und an diesem Tag öffnete sich das Höllentor so oft wie niemals zuvor. Doch die Alte tauchte nicht auf. Erschöpft legte er sich auf sein Nagelbett und schlief ein.

Vor Müdigkeit hatte er nicht bemerkt, dass er mit dem Gesicht auf den Nägeln eingeschlafen war. So wachte er nach kurzer Zeit von dem heftigen Piksen der Nägel auf seiner langen Nase auf. Um einer weiteren Rüge entgegenzuwirken, öffnete er rasch den Rollladen. Er hoffte, dass die alte Frau wieder auftauchen würde, fieberte ihr entgegen. Er prüfte die Sündenregister kaum noch und ließ einen nach dem anderen durch das Tor hinaus. Gerade als er schließen wollte, kamen zwei Vertreter der Zentralverwaltung auf ihn zu geeilt. Er erkannte sie sofort an ihren rattenartigen Gesichtern.

»Was ist denn hier los?«, fing der eine an.

»Erst kommt keiner raus, weil geschlossen ist«, fuhr der andere fort. »Dann strömen uns die Arbeitskräfte weg, weil die Sündenregister nicht ordentlich geprüft werden.«

Der Pförtner schaute nach unten, aber er dachte an die Frau und das wunderbare Gefühl, das ihr Antlitz ihm schenkte.

»Wir haben im Moment wirklich genug andere Dinge zu tun. Aus dem Büro des Chefs sind Dinge entwendet worden. Der Kerl, der das getan hat, wird in der Vulkanhölle eingeschmolzen.«

Der Pförtner nickte.

»Wir erwarten, dass hier morgen alles wieder normal läuft, sonst gibt es ein Verfahren, klar!«

Wieder nickte der Pförtner. Dann verschwanden die beiden Rattengesichter.

Unruhig wälzte sich er sich in der Nacht auf dem Nagelbett. War die alte Frau die Mutter des Engels? Haben Engel eigentlich auch Eltern? Und was sollte dieser Satz, dass man sein Glück erkennen müsste? Alles tat ihm weh, als er aufstand. Als er die Wartenden ansah, versuchte er verzweifelt, das Gesicht der alten Frau zu erkennen, die ihm sein Glück bringen würde. Er hatte die Gesichter der Menschen eigentlich noch nie wirklich angesehen. An diesem Tag tat er es. Die Gesichter von Sündern, die an einen anderen Gott glaubten, Ehebruch begangen oder Essen gestohlen hatten. Aber auch die Gesichter von Mördern, Präsidenten und Kardinälen. Sie erregten sein Mitleid und in seiner Verliebtheit öffnete er das Tor der Hölle wieder viel zu oft. Bald würde die Zentralverwaltung kommen und sein Verfahren eröffnen. Dennoch konnte er nicht anders.

Erneut schlief er schlecht. Am nächsten Morgen stand er verschlafen am Fenster. Und seine völlig übermüdeten Augen schienen ihm einen Streich zu spielen. Er erkannte an einer Frau, die abgetrieben hatte, die Ohren seines Engels. Ihre Haare entdeckte er auf dem Haupt eines Folterknechts. Und im Gesicht einer Schwindlerin fand er ihren süßen Mund. So verging der Morgen wie im Traum. In jedem Sünder erkannte er einen Teil seines Engels. Als er verträumt die Warteschlange entlangblickte, sah er plötzlich, in allen zusammen das Gesicht seines Engels aufscheinen. Alle Sünder ergaben das Bild eines Engels, seines Engel. Da ergriff ihn eine große Liebe zu den Wartenden. Jung und schön lächelte ihn sein Engel aus den Sündern an. War denn nicht jeder auf seine Art ein Engel? Und plötzlich stand die alte Frau wieder vor ihm.

»Wer bist du?«, fragte er erregt. »Du bist der Engel auf dem Bild. Ich erkenne dich. Hat ein Höllenpförtner auch einen Engel?«

»Jeder hat seinen Engel. Auch du. Du musst ihn nur erkennen.« Der Gesichtsausdruck der alten Frau verjüngte sich zu dem des jungen Mädchens auf seinem Bild. Sie lächelte ihn an mit einem Lächeln, das ihn in seinem Innersten berührte. Dann breitete sie ihre Flügel aus und nahm ihn an die Hand.

»Wir müssen jetzt gehen«, sagte sein Engel. »Es wird Zeit, dass du ein weiches Bett bekommst.«

»Halt!«, rief der Pförtner. Er nahm das Bild des Engels. Das junge Gesicht war verschwunden. Die alte Bettlerin lachte ihn auf dem Bild an. Er lachte zurück. Dann schrieb er auf die Rückseite des Bildes »Ich kündige« und legte es für seinen Chef auf den Tisch. Hinter ihm donnerte es höllisch. Man hatte das Durcheinander bemerkt. Rasch öffnete der Pförtner das Tor und verklemmte es mit seinem Nagelbett. Die Wartenden strömten hinaus, bis kein Einziger mehr im Höllenfeuer war. Er löschte den Ofen und flog mit dem Engel in sein Himmelbett. Und weil niemand mehr Höllenpförtner werden wollte, gibt es seitdem keine Hölle mehr.

Die Autoren

Sybille Baecker

Sybille Baecker kam 1970 in Thuine zur Welt und arbeitet, nach einer Ausbildung zur Verwaltungsfachangestellten und einem BWL-Studium an der FH Neu-Ulm, als Systemadministratorin in der Nähe von Tübingen. Ernsthaft beschäftigt sie sich mit dem Schreiben erst seit kurzem, zuvor beschränkte sie sich auf gelegentliche Tagebucheintragungen und das Verfassen von Reise-Tagebüchern. Eine dreimonatige berufliche Auszeit gab ihr den Freiraum und den Mut, das Schreiben auszuprobieren. In dieser Zeit entstand, nach einigen Überlegungen zur Bedeutung des Wortes Glück – und manchen guten Blues-Stücken – auch ihre Geschichte »Sie spielt den Blues«.

Stefan Berndt

Stefan Berndt wurde 1957 in Wuppertal geboren und lebt heute in Murnau am Staffelsee. Nach dem Abitur studierte er Germanistik und Geschichte, seine literarische Vorliebe gilt vor allem Molière, Brecht, Dürrenmatt und Tschechow. Stefan Berndt, in der Erwachsenenbildung tätig, möchte sich als Schriftsteller etablieren und hofft, dass ihn der Erfolg in diesem Wettbewerb auf diesem Weg weiterbringt. Zu seiner Geschichte »Werther« inspirierte ihn die simple Frage: Was denken diejenigen, die im Leben und manchmal auch in der Literatur nicht zu Worte kommen?

Inez Corbi

Inez Corbi, Jahrgang 1968, geboren in Frankfurt am Main und wohnhaft in Hofheim am Taunus, entdeckte schon mit zehn Jahren, dass man Bücher nicht nur lesen, sondern auch schreiben kann. Nach Abschluss ihres Studiums der Germanistik und Anglistik ging sie einige Jahre dem geregelten Broterwerb bei einem medizinischen Pflegedienst nach, bevor sie sich hauptsächlich dem Schreiben widmete. Zu ihrem Beitrag »Von Herzen« wurde sie durch einen Artikel angeregt, in dem über die Körperwahrnehmung Transplantierter berichtet wurde. Ein einziger Satz über eine 18-Jährige, die sich ihren Herzspender als »Geliebten aus einem früheren Leben« vorstellte, war der Auslöser für ihre Geschichte.

Kerstin Döring

Kerstin Döring kam 1974 in Lübeck zur Welt und lebt heute in Hamburg. Sie studierte angewandte Kulturwissenschaften mit dem Schwerpunkt kreatives Schreiben in Hildesheim, finanzierte das Schreiben über Stipendien und Förderpreise und gibt seit zwei Jahren Seminare im Bereich kreatives und wissenschaftliches Schreiben, unter anderem an der Hamburger Universität. Sich schreibend auszudrücken war ihr schon als Kind ein wichtiges Bedürfnis und ist es bis heute. Ihre Hobbys sind neben dem Schreiben und grafischen Arbeiten vor allem das Tanzen, das auch in ihrem Beitrag »Mach mir warm« seinen Niederschlag findet.

Sigrid Eggersglüß

Sigrid Eggersglüß wurde 1949 in Koblenz geboren und lebt zusammen mit ihrer Familie in Bad Bentheim. Als gelernte Buchhändlerin arbeitete sie in verschiedenen Buchhandlungen. Schon seit ihrer Jugend schreibt sie Lyrik und Geschichten. Um ihren Stil zu verbessern, absolvierte sie einen zweijährigen Fernkurs an der Hamburger Schule des Schreibens. Der Lohn: Drei ihrer Kurzgeschichten erschienen in einer Anthologie bei Rowohlt. Beim Maxi-Schreibwettbewerb und

beim Literaturwettbewerb der Norddeutschen Büchertage zählte sie
zu den Gewinnern. Berührt durch das Thema Alter und Einsamkeit
schrieb sie die Geschichte »Eröffnungen«, zu der ihr Sohn die nötigen
Informationen über das Schachspiel beisteuerte.

Ben Faridi

Ben Faridi, geboren 1968, im Iran und in Deutschland aufgewachsen,
lebt und arbeitet als Unternehmensberater in Köln. Seit zwei Jahren
widmet er sich dem Schreiben mit professionellem Anspruch und veröffentlicht im Herbst 2005 seinen Jugendroman »Aber Aisha ist doch
nicht euer Eigentum« im Verlag an der Ruhr. Mit seiner Geschichte
»Warum es keine Hölle gibt« verleiht er seinem Glauben an das Gute
im Menschen Ausdruck. Zugleich erkundet er in dem Text die Lau-
nen eines Pförtners, die ihn nach eigenem Bekunden gelegentlich
wieder an eben diesem Guten zweifeln lassen.

Angelika Flotow

Angelika Flotow wurde 1945 in Itzehoe geboren und lebt heute
in Hamburg. Nach einer Banklehre und vielen Jahren als Pharma-
referentin ist sie nun ehrenamtlich als Pressesprecherin im Freien
Deutschen Autorenverband tätig. Seit ihrem Berufsausstieg geht Angelika Flotow ihrem lang gehegten Wunsch nach: dem Schreiben.
Bereits zwei Bücher hat sie seither veröffentlicht: »Im Koffer ein Lächeln« und »Zeit mit Vera«. Die Inspirationen zu ihren Geschichten
findet Angelika Flotow meist auf Spaziergängen durch die Feldmark,
auf diese Weise entstand auch die Idee zu »Die Glückliche«. Dabei
bewegte sie die Frage: »Wie geraten Menschen in eine Misere, und was
wäre, wenn sich an ihrer Situation plötzlich etwas ändern würde?«

Ilse Gottschall

Ilse Gottschall wurde 1936 in Königsberg, dem heutigen Kaliningrad, geboren. Kriegs- und Nachkriegsumstände, ihr Studium der Germanistik und Kunstgeschichte wie auch familiäre Veränderungen ließen sie ein Zugvogeldasein führen, bis sie 1977 in Salzburg sesshaft wurde. Ilse Gottschall war für das Goethe-Institut tätig, arbeitete in der wissenschaftlichen Information eines pharmazeutischen Betriebs und als Deutschlehrerin. Seit sechs Jahren leitet sie in Salzburg Literatur-Werkstätten für das Literaturhaus und begann nebenbei, eigene Stoffe literarisch zu bearbeiten. Auf einer Urlaubsinsel half sie einmal einem Meeresbiologen bei der Befreiung einer Möwe und erinnerte sich an dieses Erlebnis für ihre Geschichte »Stunde der Möwe«. Dass Glücksmomente meist nicht in der Erfüllung von Erwartungen liegen, sondern sich im sich Öffnen für scheinbar Belangloses ereignen, davon erzählt ihr Beitrag.

Harald Grieb

Harald Grieb, geboren 1955 in Lorch/Württemberg, lebt in Maulbronn. Er unterrichtet im nahe gelegenen Mühlacker seit dreizehn Jahren als Lehrer am Gymnasium und liebt es, in seiner Freizeit zu wandern, zu lesen oder ins Theater zu gehen. Den Wunsch zu schreiben entdeckte er schon im Alter von zwölf Jahren – ausgelöst durch seine Begeisterung für Karl May und Wolfgang Borchert. Heute zählt er Robert Walser, Peter Handke, aber auch Ringelnatz und Erich Kästner zu seinen Vorbildern. Vor einer Lesung in Maulbronn kam ihm die Idee zu seinem Beitrag »Tor«, eine Auseinandersetzung mit seinem verstorbenen Vater. Wichtig war ihm, darin dessen schelmische Liebenswürdigkeit, aber auch die triumphale Freude des kleinen Fußballhelden auszudrücken – und vielleicht auch etwas von dem Glück des unsichtbaren Zuschauers, der einen solchen Vater gehabt hat.

Mirko Gutjahr

Mirko Gutjahr wurde 1974 im oberbadischen Pforzheim geboren. Derzeit studiert er in Freiburg mittelalterliche Geschichte und Archäologie und ist daneben Mitglied in einem historisch darstellenden Mittelalterverein. Schon als Kind schrieb er kleine Geschichten, um dann später seine Leidenschaft für die komische Literatur zu entdecken. In seinem Beitrag »Das Glück des Augenblicks« geht es hingegen um einen verzweifelten Selbstmörder und für Mirko Gutjahr um die Frage, was passieren würde, hätte man die Gelegenheit, die Zeit ein Stück zurückzudrehen – welchen Preis müsste man dafür zahlen?

Stefan Heuer

Stefan Heuer, Jahrgang 1971, geboren in Großburgwedel, lebt heute in Burgdorf bei Hannover und ist dort in der städtischen Kulturabteilung tätig. Seine Freizeit widmet er seit 1995 ernsthaft dem Schreiben und kann seitdem auf zahlreiche Veröffentlichungen in Literaturmagazinen, Anthologien und Einzelpublikationen verweisen. Zuletzt erschien sein Gedichtband »strobe cut« in der edition roadhouse. Befragt nach der Idee zu seiner skurrilen Geschichte »Das dunkelgrüne Körperteil«, verweist er auf die Pauschaltabelle einer privaten Unfallversicherung, die ihm in die Hände fiel und die den Wert einzelner Körperteile bezifferte.

Elke Kadisch-Neugebauer

Elke Kadisch-Neugebauer, geboren 1962 in Bad Kreuznach, ist Diplomingenieurin für Weinbau und seit 1985 im Bereich Presse- und Öffentlichkeitsarbeit einer landwirtschaftlichen Behörde tätig. Das Schreiben gehörte immer mit zu ihrem Leben, schon seit sie als Elfjährige gemeinsam mit ihrer Freundin einen kleinen Verlag gründete. Sie ist Mitglied in einer Autorengruppe und besucht regelmäßig Kurse für kreatives Schreiben. Sich selbst bezeichnet sie scherzhaft als »private Glücksforscherin« und entsprechend bringt sie in ihrer Geschichte »Glück oder drei E-Mails für Hannes Stasser« auch ihre eigene Glücksformel auf den Punkt: Jeder Mensch sollte sich vor Augen halten, was er hat, um wieder zu erkennen, dass er oft viel mehr besitzt, als er glaubt.

Annette Kipnowski

Annette Kipnowski wurde 1950 in Hamm/Westfalen geboren und lebt in Bonn. Bis ins Jahr 2000 war sie als Ärztin und Diplompsychologin tätig, bevor sie ihr Hobby, das Malen, zum Beruf machte. Ebenfalls zu diesem Zeitpunkt begann sie mit dem Schreiben. Vor allem Kurzgeschichten mit auto- und familienbiografischem Hintergrund reizen Annette Kipnowski, die als ihr Vorbild Ulla Hahn nennt. Eine ihrer Kurzgeschichten wurde bereits beim Schreibwettbewerb »Menschen im Hotel« prämiert, zurzeit veröffentlicht sie ihre Krankenhaussatire »Professor Kaditz«. In ihrer Kurzgeschichte »Das Paradies« thematisiert sie die Vorstellung vom Glück des einfachen Menschen in seinem oft tristen Alltag.

Ursula Knie

Ursula Knie wurde 1944 in Waldshut/Schwarzwald geboren, wuchs im Rheinland auf und lebt seit 1974 in Köln. Während mehrerer Auslandsaufenthalte in der Schweiz, Australien und Kanada arbeitete sie als Zeichnerin, später im Export. In ihrer Jugend unternahm sie erste Schreibversuche, 1991 erschien ihr erster Lyrikband »Mein fernes Herz«. Weitere Veröffentlichungen in Zeitschriften und Anthologien folgten. Ihre Geschichte »Ankunft« beschreibt ihre eigene Ankunft in

Luzern am Silvestermorgen 1965. Diese Fahrt, hinaus aus der Enge des Elternhauses in die weite Welt, hat sie bis heute als besonderes Glücksgefühl in Erinnerung.

Jürg Lendenmann

Jürg Lendenmann, geboren 1949 in Zürich, arbeitete nach seinem Biologiestudium zunächst als wissenschaftlicher Leiter einer kleinen Pharma-Handelsfirma. Nach einer Weiterbildung zum Internet-Publisher ist er heute als Redakteur bei einem Verlag im Gesundheitswesen tätig. Seit seiner Studentenzeit schreibt Jürg Lendenmann nicht nur Geschichten und Gedichte, sondern auch Traumbücher, die aus seiner Faszination für Symbolik resultieren. Dabei inspirieren ihn C. G. Jung und Ken Wilber wie auch fernöstliche Literatur. Reich an Symbolen ist auch das Schachspiel, das in seiner Geschichte »Bauer im Glück« den Rahmen für seine glückhafte Erzählung bildet.

Karl Olsberg

Karl Olsberg, alias Karl-Ludwig von Wendt, wurde 1960 in Bielefeld geboren und lebt heute als Unternehmensberater in Hamburg. Nach seinem Studium der Betriebswirtschaftslehre promovierte er über Anwendungen der künstlichen Intelligenz. Er arbeitete als Marketingleiter beim Fernsehen, war Geschäftsführer eines mittelständischen Unternehmens und gründete 1999 die Firma Kiwilogic, die künstliche Gesprächspartner im Internet entwickelt. Seit 2003 schreibt er ernsthaft und regelmäßig und arbeitet momentan an seinem vierten Roman. Schreiben ist für ihn, wie er sagt, wie das Lesen eines guten Buches – nur intensiver. Mit seinem Beitrag »Taubers Sammlung« möchte er zeigen, dass ganz normale kleine Momente, die wir kaum beachten, Momente großen Glücks sein können.

Christiane Scheck

Christiane Scheck kam 1966 in Lübeck zur Welt, blieb – nach einem BWL-Studium in Lüneburg – Deutschlands Norden treu und lebt heute in Hamburg. Nach beruflichen Stationen in der Personalabteilung eines Hamburger Fernsehsenders und einer Personalberatungsfirma führt sie heute erfolgreich ihr kleines »Familienunternehmen«. Durch ihre beiden Kinder entdeckte sie ihre kreative Seite und widmet sich seit einem Jahr dem Schreiben, das sie nun nicht mehr loslässt. Die Idee zu ihrer Geschichte »Das kleine tägliche Glück« entstand bei der Lektüre eines Zeitungsartikels über die fleißigen Mädchen in Shenzhen, in deren Haut sie für einen kurzen Moment schlüpfen wollte.

Nikola Tasarek

Nikola Tasarek wurde 1968 in Hannover geboren und lebt in Lauenau am Deister. Seit Beendigung ihres Pharmaziestudiums arbeitet sie als Leiterin der Qualitätskontrolle in einer pharmazeutischen Firma. Mit dem Schreiben begann Nikola Tasarek, abgesehen von Kindergeschichten für ihre ältere Tochter und ihre Zwillinge, erst im Jahr 2005. Ihre Erzählung »Fang an zu beten« war ihr erster – und gleichzeitig erfolgreicher – Versuch, mit einer Geschichte an die Öffentlichkeit zu treten.

Ida Todisco

Ida Todisco wurde 1966 in Goddelau als Kind deutsch-italienischer Eltern geboren. Sie studierte Germanistik, Italianistik und Pädagogik in Frankfurt am Main, verbunden mit mehreren Studien- und Arbeitsaufenthalten in Italien. Heute lebt sie in Frankfurt und ist dort als Dozentin für kreatives Schreiben und im Bereich Migration und Integration tätig. Ida Todisco veröffentlichte bislang Beiträge in Zeitschriften und Anthologien und wurde 2003 mit dem 1. Preis beim Literaturwettbewerb Hypatia der Stadt Darmstadt ausgezeichnet. Während der Entstehungszeit ihres Wettbewerbsbeitrags war sie selbst sehr verliebt – eine glückliche Zeit, wie sie sagt, und viel von diesem Glück findet sich auch in ihrer Geschichte »Piccolo Paradiso«.

Christian Walber

Christian Walber, Jahrgang 1984, wohnt in seiner Geburtsstadt Bocholt. Nach seiner Ausbildung zum Informationstechnischen Assistenten leistet er zurzeit seinen Zivildienst. Er selbst bedauert, erst vor ein paar Jahren zum Schreiben gekommen zu sein, da es ihm die Möglichkeit bietet, seine Fantasie auf Reisen zu schicken. Eine Reise war es auch, die ihn zu seiner Erzählung »Der Glücksbrunnen« animierte: Sein Onkel hatte von der Begebenheit bei einem Aufenthalt in Ägypten gehört und ihm in einigen Sätzen davon erzählt. Christian Walber schuf daraus seine Geschichte vom glücklichen Amontep.

Die Jury

Eva Wlodarek (*1947) studierte Germanistik und Philosophie, danach Psychologie. Als Diplom-Psychologin schrieb sie ihre Dissertation über »Glücklichsein«. Sie ist Psychotherapeutin, Ratgeber-Autorin und Psychologin der Zeitschrift »Brigitte«.
»Von Anfang an habe ich mich über diesen Wettbewerb gefreut. Weil ich wusste, dass jeder, der daran teilnimmt, auch gewinnt: die Lust des kreativen Schaffens. Natürlich hat nicht jeder das gleiche Talent und außerdem ist Schreiben ein Handwerk, das gelernt sein will. Bei einem Wettbewerb führt das notwendigerweise zur Auslese. Doch mein Herz ist bei allen, die geschrieben haben. Ich hoffe, sie haben es genossen.«

Cordelia Borchardt (*1962) promovierte nach einem Anglistik- und Germanistikstudium in München und London in Englischer Literaturwissenschaft, arbeitete als wissenschaftliche Assistentin an der Universität München und ist seit 1993 im Verlagsbereich tätig. Seit 1998 bei den Fischer Verlagen in Frankfurt am Main, ist sie nun als Lektorin im Krüger und im Scherz Verlag für die Belletristik zuständig.
»Die Aufgabe des Schreibwettbewerbs war reizvoll. Denn es ist leicht, von einer Figur zu behaupten, sie sei glücklich. Viel schwieriger ist es, dies erzählerisch durch Szenen, Stimmungen, Charaktere dem Leser sinnfällig zu zeigen, es ihn erleben zu lassen. Es war sehr interessant zu sehen, welche Lösungen die vielen Einsender gefunden haben. Die Bandbreite von Ernst, Melancholie und Humor und natürlich die schiere Schreibenergie, die in den Geschichten zu finden ist, hat mir sehr gut gefallen.«

Ute Nöth (*1975) ist heute, nach einer Ausbildung zur Buchhändlerin und dem Studium der Verlagswirtschaft an der HTWK Leipzig, als Pressesprecherin bei BoD in Norderstedt bei Hamburg tätig.

»Ich bin froh, dass es diesen Wettbewerb gegeben hat. Er förderte so viele schöne Geschichten vom Glück ans Tageslicht, die sonst vielleicht in Köpfen und Schubladen verborgen geblieben wären. Ich hoffe, wir konnten vielen Autoren Mut machen, nicht nur zu schreiben, sondern ihre Texte auch anderen zu lesen zu geben. Als Jurymitglied hatte ich besonderen Respekt vor diesem Mut und großes Vergnügen daran, in den vielfältigen Geschichten ein Stück weit neuen Menschen und ihren Geschichten zu begegnen.«

Irene Nießen (*1957) studierte Germanistik, Politische Wissenschaften und Zeitungswissenschaft in Aachen und München. Nach Tätigkeiten als Pressereferentin, Lektorin, Übersetzerin, Herausgeberin und Redakteurin gründete sie 1997 in Frankfurt am Main das Medienbüro. Von dort aus verantwortet sie u. a. das Buchjournal.

»Das Buchjournal besteht nun seit 20 Jahren als Magazin für Leser. In dieser Zeit wurden in der Redaktion zahllose Verlagskataloge gewälzt und unzählig viele Bücher besprochen, die wir für unterhaltsam, hilfreich, spannend, unverzichtbar halten. Auffallend viele Debüts sind darunter. Die Menschen lesen also nicht nur gerne, sie schreiben auch, oft heimlich. Unseren Lesern Mut zu machen, sich auszuprobieren, ihnen ein Forum zu bieten, das war unsere Idee, als wir dazu aufriefen, uns und anderen Lesern eine Geschichte vom Glück zu erzählen.«